어둔리로 가는 길

어둔리로 가는 길

초판 1쇄 발행 2024년 11월 22일

지은이 전영순
펴낸이 장길수
펴낸곳 지식과감성#
출판등록 제2012-000081호

교정 정은솔
디자인 오정은
편집 오정은
검수 김지원, 이현
마케팅 김윤길, 정은혜

주소 서울시 금천구 벚꽃로298 대륭포스트타워6차 1212호
전화 070-4651-3730~4
팩스 070-4325-7006
이메일 ksbookup@naver.com
홈페이지 www.knsbookup.com

ISBN 979-11-392-2235-7(03810)
값 15,000원

- 이 책의 판권은 지은이에게 있습니다.
- 이 책 내용의 전부 또는 일부를 재사용하려면 반드시 지은이의 서면 동의를 받아야 합니다.
- 잘못된 책은 구입하신 곳에서 바꾸어 드립니다.

지식과감성#
홈페이지 바로가기

전영순 소설집

어둔리로 가는 길

목차

1. 오늘 • 7

2. 바퀴벌레 인간 • 41

3. 지금, 여기 • 59

4. 꽃자리 • 89

5. 마산(馬山) • 107

6. 양지산 • 147

7. 어둔리로 가는 길 • 165

8. 저물어 지고 • 191

9. 볕 뉘 • 213

작가의 말 • 231

1.
오늘

오늘

출근 시간, 그녀가 서랍 속을 부산히 뒤적이고 있다. 며칠 전 산 머리핀이 보이지 않는다.

'어디에 또 잘 두었구나!'

그녀는 물건을 어딘가에 잘 둔다. 그리하여 물건 자체를 잃어버리는 일은 거의 없지만 오늘처럼, 물건 둔 곳을 잊어버리는 일은 늘 있다. 잃어버린 지 일 년이 지난 귀걸이를 장 가방 속에서 찾은 일도 있다. 장 보는 동안 고리가 헐거워진 귀걸이를 잃어버릴까 장 가방의 속주머니 안에 넣어 두었던 것을 일 년이 지나 우연히 찾은 것이다. 그녀는 거울을 보며 멍하니 생각에 잠긴다.

'물건을 둔 곳을 잊어버린다는 것과 물건을 잃어버린다는 것의 차이는 무얼까? 물건 둔 곳을 잊어버린다는 것은 어딘가에 그것이 있다는 일말의 희망이 남아 있는 상태지. 물건을 잃어버렸을 때보다 물건을 찾을 확률이 높기도 하고.'

'바쁘다면서 무슨 이런 생각을 하고 있는 거니?'

두 아이가 입을 옷을 찾아

"어서 입어."

던져 주고 바닥에 널려 있는 수건이며 빨랫거리를 주섬주섬 세탁기에 넣은 후 옷을 입고 있는 아이들 입에 국에 만 밥을 한 숟가락씩 더 넣어 주었다. 겨우 집을 나서려는 순간 초등학교 1학년 막내의 다급한 소리

"엄마! 화장실!"

"빨리빨리"를 연발하며 그녀는 시계를 보았다.

'오늘도 지각이군!'

그녀에게는 지각이지만, 일곱 시 오십 분은 아이들이 학교에 가기에 이른 시간이다.

"운동장에서 놀지 말고 형아 교실에 같이 있다가 아이들이 오면 네 교실로 가. 동현아, 서현이 잘 데리고 있어야 해. 집에 올 때 손 꼭 잡고 오고."

"응!"

늘 같은 잔소리, 형이라고 해야 초등학교 3학년이다. 동현이가 매일 느껴야 하는 부담감을 그녀는 너무 잘 알고 있다. 오전 아르바이트를 하는 편의점으로 향하는 그녀의 머릿속에서 '윙~ 윙~' 소리가 들린다. 언제부턴가 매일 전쟁 같은 아침 시간을 치르고 나면 현기증과 함께 귓속에서 벌 소리가 난다. 신호 대기를 받으며 눈을 감고 심호흡을 몇 번 해 보지만 나아지지 않는다.

이렇게 정신이 없는 날은 길을 건너는 사람을 못 보거나, 끼어드는 차를 미처 보지 못해 몇 번씩 급정거를 하곤 한다. 그럴 때면 그녀는 어디선가 들은 교통사고로 엄마 아빠가 다 죽고 외롭게 사는 아이들

에 대한 이야기가 떠오른다.

'정신 똑바로 차리자!'

그녀는 도리질을 하며 운전대를 다잡는다.

십 분 이상 늦었다.

"아이고 미안, 정말 미안해."

새벽 내 편의점을 지킨, 대학원에 다닌다는 총각에게 연신 고개를 굽신대며 오전의 일터로 들어선다. 총각의 표정이 좋지 않다.

"아녜요. 저 가요, 수업에 늦겠어요."

"막 나오려는데 아이가……."

"아, 네."

총각은 그녀의 말을 자르고 건성으로 대답하며, '내일은 점주에게 아주머니가 자꾸 늦어서 힘들다고 말을 해야 하나?' 하고 생각했다. 한 달째 마주치고 있지만 총각의 이름이 정수철이라는 것과 대학원생이라는 것, 새벽 타임을 맡고 있다는 것 외에는 알지 못한다. 총각도 그녀가 아이 엄마라는 것, 오전 타임을 맡고 있다는 것 외에는 알지 못할 것이다. 그들이 마주치고 인수인계하는 10분이 그들에게 허락한 서로에 대한 정보다. 시간이 더 있다 해도 더 알게 되지는 않을 것이다. 서로를 알기 위해 필요한 것이 시간만은 아니므로. 오전에 들어오는 물건을 진열하고, 창고에 쌓고, 가게 바닥을 닦고, 진열장 유리와 창을 광이 나도록 닦았다. 지각이 잦은 자신의 해고를 막을 수 있는 방법은 오로지 청소라는 듯 그녀는 입술을 앙다물고 청소에 열중한다.

아이들의 저녁까지 준비해 놓느라 다섯 시에 일어난 이후로 편의점 정리를 마치는 열 시가 되어서야 그녀는 한숨을 돌리고 자리에 털썩 앉는다. 눈을 질끈 감았다 뜨고 창밖을 본다.

4월 중순이다. 잘 닦은 투명한 유리가 온통 연초록빛으로 가득 찼다. 눈에 보이는 모든 식물이 싹을 틔우고 꽃을 피우고 잎을 내며, 연한 녹색은 좀 더 진한 녹색으로 바뀌어 가고 있다. 식물들은 모두, 하나의 낙오자도 없이 푸릇한 생명력으로 생장하고 있다. 그녀는 누구 하나 주춤하지 않고 계절에 충실하여 군대가 행진하듯 생장하는 그들의 집단적 생명력이 두렵고 낯설었다.

그녀는 손님이 없는 틈을 타 도시락을 꺼낸다. 오늘 첫 끼니다. 유리로 된 도시락에 밥과 멸치와 시금치가 한 통 안에 나란히 들어 있다. 그녀의 집에는 플라스틱으로 된 그릇이 없다. 그릇은 모두 스텐과 유리로 된 것을 사용한다. 아이들에게 인스턴트 음식도 가급적 먹이지 않는다. 잠을 줄여서라도 아이들이 먹을 끼니와 간식을 준비해 두고 나온다. 그녀도 인스턴트 음식을 먹지 않는다. 그녀가 그릇과 음식에 까다로운 이유는 그녀의 부모님 때문이다. 어린 시절 아버지가 교통사고로 돌아가셨다. 아버지는 돌아가시며 상당한 금액의 보험금을 남겨 주셨다. 아버지의 빈자리가 아팠지만 경제적으로 힘들지 않았다. 그랬는데 그녀가 고등학생이 되던 해에 그녀와 동생의 울타리가 되어 주던 어머니가 암으로 돌아가셨다. 많던 돈도 어머니의 병원비와 생활비로 흐지부지 사라졌다. 그녀는 소녀 가장이 되어 중학생 동생을 돌봤다. 그때부터 그녀는 불행이, 죽음이, 종이 한 장 두께를 사이에 두고 호시탐탐 그녀의 삶을 노리고 있는 것 같은, 불행의 감시를 받고 사는 것 같다는 생각이 자주 들었다. 신내림이 자식에게 대물림되듯 이미 그녀의 가족을 알게 된 불행이 그녀에게 언제 덤벼들지 모를 일이라고 생각했다. '나도 엄마처럼 죽으면 내 동생은……'이라는 가정은 '내가 죽으면 아이들은……'이라는 가정으로 바뀌었고 그녀는 그런 가정만으로도 두려워 머리털을 곤두세우며 잠든 아이들을 들여다보곤 했다. 그런 생각이 들 때면 자신은 엄마처럼 아이들끼리 남겨 둔 채 먼저 떠나지 않으리라고 다짐했다. 그녀는 유리 용기를 쓰고 인스턴트 음식을 피하는 것이 부적처럼 불행으로부터 그녀와 아이들을 지켜 줄 것이라고 믿었다.

오후 2시, 그녀는 다시 일터를 옮긴다. 오후 그녀의 일터는 학원이다. 교원자격증이 없는 그녀는 이 학원에서 청소원이자 조리사이며 선생이고 그렇다. 아직 원장과 다른 선생들은 출근 전이다. 서둘러 사무실을 청소하고, 사무실 옆 작은 주방에서 학원생들이 먹을 떡볶이와 샌드위치를 만든다. 학원이 난립한 아파트 단지에서 살아남기 위해 원장이 생각해 낸 방법이 아이들의 간식을 무제한 제공하는 것이었다. 원장 입장에서는 떡볶이, 샌드위치, 김밥 재료라야 비쌀 것이 없고 그녀의 노동력을 값싸게 제공받으면 되니 크게 밑질 것이 없는 장사였다. 그녀 입장에서는 이 일이 아니라면 동현이와 서현이를 학교에서 데려와 간식이라도 챙겨 주고 나올 수 있을 시간이었다. 처음 제안을 하며 원장은 "아이들 때……"에서 그녀의 말을 자르며 아이들이 자꾸 줄어 교사를 줄여야 할 것 같다는 말을 곁들였다. 아이들 때문에 안 되겠다는 문장은 완성되지 못했다. 세 시가 넘어가니 선생들과 아이들이 하나둘 들어왔다.
 "오셨어요! 어서 와!"
 아이 한 명이 이만 원이다. 그녀는 초등학교 5, 6학년, 중학교 1, 2, 3학년 이렇게 다섯 시간을 쉬지 않고 수업한다. 그녀가 하는 국어 수업은 수학, 영어 수업에 비하면 그다지 인기 있는 수업이 아니어서 다섯 시간을 한다고는 하나 수강생 수는 겨우 육십여 명 남짓하다. 아이들이 그녀를 위협하는 마지막 말은 "저 국어 수업 안 들을 거예요."다. 그들도 안다. 그들이 이만 원인 것을. 그러지 않으려고 해도 언제부턴가 수업에 들어가면 아이들 수를 세는 버릇이 생겼다. 수강생 수가 그녀와 두 아이의 생명줄이었다. 그녀는 십여 명 남짓 앉아 있는 교실에서 목이 쉬도록 수업을 한다. 장난치며 듣지 않는 아이들을 어르고 달래 가며.
 "동현아 저녁 먹었어? 엄마 금방 가니까 서현이랑 잘 있어? 무서우면 만화 보면서 있어."
 십 분의 짧은 휴식 시간, 교재를 보는 틈틈이 집에 있는 아이들에게 전화를 한다.
 저녁 여덟 시 수업을 마치고, 뒷정리를 하고 난 후 서둘러 집으로 향한다. 집에는 두 아이가 텔레비전 만화를 보며 서로를 의지해 불안한 마음을 달래고 있을 것이다. 크고 누런 달이 조급한 마음으로 운전하는 그녀의 차를 따른다. 오늘 달은 유난히 낮게 떠 있다. 멀리서 그녀를 지켜보던 불행이 가까이 온 듯 달을 보는 그녀의 마음이 불안해진다. 애드벌룬 같은 누런 달은 앞쪽 유리에서 그녀를 지켜보다 옆으로 슬금슬금 사라졌다 다시 슬금슬금 나타나기를 반복했다. 달은 음흉스럽고 끈질기게 그녀를 따르고 있었다. 그녀는 달의 눈치를 보며 차를 몰았다. 도무지 저 달의 감시를 벗어날 수 없을 것 같았다. 집에 도착했을 때 달은 언제 그랬냐는 듯 공중으로 멀어져 가로등처럼 세상을 비치고 있었다.

포기하지 않는군

남편에게 여자가 있었다. 남편이 직접 말하기 오래전부터 그럴 것이라고 생각하고 있었다. 남편의 외도의 기미는 휴대폰이 알려 주었다. 어느 날부터인가 바로 놓여 있던 남편의 휴대폰은 늘 뒤집어 놓여 있었다. 아이들이 휴대폰을 가지고 놀려고 하면 짜증을 냈다. 화장실에 갈 때면 휴대폰을 가지고 갔고 한참을 나오지 않았다. 휴대폰은 남편 신체의 일부가 되어 남편과 늘 함께 다녔다. 남편의 외도의 대상이 휴대폰 속에 살고 있는 것 같았다. 남편은 옷을 자주 샀고, 야근과 출장이 잦아졌다. 그녀는 상관없다고 생각했다. 남편이 아버지 자리를 지켜 주기만 한다면.

'설마……'

상관없다고 생각한 것은 어쩌면 남편의 외도가 아직은 짐작일 뿐 확인된 사실이 아니기 때문인지도 몰랐다.

집 근처 마트에서 남편과 그 여자가 팔짱을 끼고 장을 보고 있었다. 어디 멀리도 아니고, 컴컴한 모텔방도 아니고, 외진 카페도 아니고, 그녀는 남편의 외도 자체보다 외도의 장소가 아이들과 함께 다니던 일상의 영역이라는 것이 견딜 수 없었다. 그들과 마주쳤을 때 당황해서 어찌할 바를 몰랐던 것은 그녀였다. 그녀는 곧장 발걸음을 돌려 집으로 왔다.

'지금 뭘 해야 하는 거지?'

그녀는 감당할 수 없는 상황에 처했을 때, 아무 생각도 할 수 없을 때 늘 그랬다 ─ 지금 뭘 해야 하지? ─ 손을 덜덜 떨며 이를 득득 갈며 계속해서 묻다 보면 할 일이 하나쯤은 생각이 났다. 지금 그녀가 할 일은 어린이집에서 돌아오는 아이들의 간식을 준비하는 일이다. 그러고는 세탁이 끝난 빨래를 세탁기에서 꺼내 널어야 한다.

'그러고는 그다음에는 뭘 하지? 뭘 해야 하지? 응! 뭘 해야 하냐구. 내가 지금 뭘 해야 하냐구!'

남편은 그날 늦게 집으로 왔다. 그녀의 눈치를 보지도 않았고 변명을 하지도 않았다. 며칠 동안 그녀와 남편은 서로의 동선을 피해 가며 같은 공간에서 마주치지 않았다. 17평 좁은 집에 그렇게 공간이 많은 줄 미처 몰랐다. 그녀는 뭘 해야 할지 알 수 없었다. 입을 먼저 연 것은 남편이었다.

"너는 왜 아무 말도 안 해? 너는 항상 그래. 왜 아무 말도 안 하냐고. 이런 상황이면 뭐라고 말을 해야 하는 거 아니야? 독한 거야? 나는 너랑 그만하고 싶어."

정신이 번쩍 들었다.

"안 돼."

그녀 자신에게 한 말이었는데 입 밖으로 나와 버렸다. 그녀 스스로에게도 낯설게 느껴지는 앙칼진 목소리였다. 애들 아빠가 없으면 아

아이들은……. 부모 없이 지냈던 자신의 지난날이, 새 학기가 시작될 때 가정환경 조사서를 보고 자신에게 쏟아지던 담임 선생님의 안쓰러운 눈빛, 중학교 졸업식장에서 쓸쓸해 보이던 동생의 등, 뒤돌아 그녀에게 애써 웃음 지으며 손짓하던 동생, 둘이 의지하며 지내 온 날들……. 두 아이마저 그녀와 그녀의 동생처럼 그런 날을 살게 할 수는 없었다.

"나랑은 그만해. 아이들 아빠는 그만하면 안 돼."

낮아진 목소리로 그녀가 말했다.

그 후 그녀는 남편이 아이들의 아빠 자리를 지키게 하기 위해 더 열심히 노력했다.

남편은 외박을 하기 시작했다.

"나 어제 집에 왜 안 왔는지 알아? 같이 있었다고."

그녀는 남편의 말을 못 들은 척했다.

"나는 너의 그 침묵과 그늘이 싫어. 너랑 있으면 나도 어두워져."

그럴수록 그녀는 아무렇지도 않은 척 저녁을 차리고 아이들을 챙겼다. 사실 그것 외에 무엇을 어떻게 해야 할지 알지 못했기 때문이기도 했다.

"아이들 아빠 자리만이라도 지켜 줘 응? 내가 잘할게."

"돈 때문이야? 양육비 줄게."

빨래를 걷으러 베란다로 가는 그녀의 뒤에 대고 남편이 말했다.

"자존심도 없구나!"

그녀는 잠깐 멈춰 섰다 다시 걸어가 빨래를 걷었다. 남편이 다시 입을 뗐다.

"포기하지 않는군!"
그녀는 걷고 있던 빨래를 들고 가 남편의 얼굴에 던졌다.

남편은 일 년 전부터 약속했던 양육비를 보내지 않았다. 양육비를 받아 내러 남편의 직장을 찾아갔을 때 남편은 그곳에 없었다. 남편의 직장 동료에게 그간의 이야기를 들었다. 남편이 사랑했던 여자는 유부녀였고 그 여자가 이혼하는 과정에서 남편은 그 여자의 남편에게 상당한 금액의 위자료를 지불해야 했다. 물론 직장에도 알려져 남편은 더 이상 직장을 다닐 수가 없게 되었다. 그 이야기를 그녀는 남의 얘기처럼 듣고 있었다. 그녀는 생각했다.
'그런 모든 것을 감수하다니…… 진짜 사랑을 했나 보군!'
'이제 어떻게 해야 하지?'
남편에 대한 원망의 마음보다 돌아오는 길에 그녀 머릿속에 꽉 찬 생각은 그것뿐이었다.
'이제 어떻게 해야 하지? 뭘 해야 하지?'
계속해서 생각했다. 이미 학원 강사를 하고 있던 그녀는 오전 편의점 아르바이트를 구했다.

어제 같은 오늘

지구가 태양의 둘레를 조금씩 이동하고 있을 뿐 그녀의 오늘은 어제와 같다. 허겁지겁 음식을 준비하고 아이들을 등교시키고, 편의점에서 아르바이트를 하고, 떡볶이를 만들고 수강생 수를 세어 가며 다섯 시간 수업을 하고, 집에 와 아이들을 돌보고. 내일도 오늘과 같을 것이다. 그녀는 내일이 오늘과 달라진다면 그건 점주나 원장 눈 밖에 나서 잘리거나, 아이들과 그녀 중 누군가 아프거나 하는 일뿐이라고 생각한다. 그녀는 어제와 같은 오늘을 위해 열심히 살고 있다. 어제와 같은 오늘이라는 건 그녀에게는 불행으로부터 삶을 잘 지켜 낸 결과인 것이다.

편의점 아르바이트를 마치고 학원으로 가는 차 안에서였다. 하늘에 잿빛 구름들이 겹겹이 겹쳐진 산 능선처럼 펼쳐져 있었다. 어느 것이 산인지 어느 것이 구름인지 구분할 수 없었다. 지상의 세계와 천상의 세계가 만나는 곳인 듯했다. 하늘은 금방이라도 비가 쏟아질 듯 어두웠고 구름 사이로 몇 줄기의 햇살이 새어 나오고 있었다. 그 햇살을 받은 5월의 지상은 녹색의 나무들과 형형색색의 꽃들로 눈부셨다. 무채색의 잿빛 하늘 하래, 5월의 푸름으로 채색된 풍경을 그녀는 멍하니 바라보고 있었다.

감정을 누르며 무딘 척 살다가도 가끔 저런 풍경이 가슴에 꽂히듯 새겨질 때 그녀는 이유를 알 수 없는 슬픔을 느꼈다.

"누구시죠?"
"예, 오늘부터 초등반 과학 수업을 담당하게 된 김민철입니다."
"아, 네. 오신다는 얘기 들었습니다."

원장에게 자세한 얘기를 듣지는 못했다. 그저 오늘부터 과학 선생님이 올 거라는 얘기만 들었다.

"저 혹시……."

"네?"

"아닙니다. 여기 앉으면 될까요?"

"예, 저는 잘…… 원장님이 오시면."

"여기서 기다리겠습니다."

"네. 그럼 저는……."

그는 주방으로 가는 그녀를 응시하며 학부모 상담용 탁자에 앉았다. 원장은 다른 날보다 일찍 출근했다.

"이 선생님 저 좀 봅시다."

주방에서 간식을 만들던 그녀는 손에 물기를 털어 내며 원장실로 갔다. 초등반 학부모들이 과학 수업을 희망해 초등반 국어 수업을 오늘부터 과학 수업으로 대체한다는 얘기였다.

"이렇게 갑자기, 아이들과도 얘기를……."

"얘기가 다 됐습니다. 미리 말을 했어야 하는데 내가 교육을 받으러 가느라고, 미안해요. 일단은 초등반만이에요. 중등반 수업은 그대로 하시고, 초등반은 나중에 국어 수강 신청이 있으면 그때 다시 개설을 하는 걸로 하지요."

'요즘은 다들 논술학원을 다니니 원…….'

원장실 문을 나서는 그녀의 뒤에 대고 원장은 혼잣말을 했다. 오늘은 어제와 달랐다.

그날 저녁 새로 온 선생의 환영 회식이 있었다. 갑자기 잡힌 회식에 그녀는 당황했다. 옆집 할머니에게 전화를 해 아이들을 부탁했다.

"아니요, 그럼 제가 죄송하구요. 아이들끼리 집에 잘 있을 거예요.

중간에 한번 들여다만 봐 주세요."

"괜찮우. 내가 애기 엄마 올 때까지 집에 가 있을 테니 걱정 말우. 오늘 영감도 늦는대서 심심하던 참인데, 오랜만에 편하게 먹고 와요."

지금이야 아이들이 좀 커서 일 년에 한두 번이지만 아이들이 어릴 때는 더 자주 할머니에게 아이들을 부탁했었다. 자식이 없는 노부부는 그녀의 아이들을 손주처럼 예뻐해 주었다. 그녀는 전화기를 붙들고 복도 벽에 연신 머리를 조아리며 고맙다고 인사를 했다.

시커멓게 타 버린 식은 삼겹살 몇 조각이 불판 위에 놓여 있고 상추를 안주 삼아 술잔이 돌았다. 원장은 삼겹살을 더 시킬 생각도 술자리를 끝낼 생각도 없었다. 원장은 건배를 외치며 쪼그라든 삼겹살을 씹었다. 종반부로 접어든 회식은 지지부진했다. 아이들에게 전화하기 위해 일어나 신발을 신던 그녀가 비틀거렸다. 언제 옆에 있었는지 과학 선생이 그녀를 부축했다. 괜찮다고 과학 선생의 팔을 떼어 내며 그녀는 밖으로 나갔다. 이름 모를 꽃 향기가 섞인 봄바람이 그녀의 얼굴에 훅 덮쳐 왔다. 온갖 종류의 꽃과 풀에서 나는 향기가 봄의 따듯한 기온과 버무려진 봄바람이었다. 그녀는 눈을 감고 깊이 들이마셨다.

"바람이 좋죠?"

과학 선생이었다.

"아 네."

"영신 선배, 저 기억 안 나세요?"

"네?"

"저 민철이요. 교지편집 동아리요. 이음 동아리 1학년……."

"아! 김민철?"
"네, 제가 1학년 때 선배님 3학년이셨잖아요?"
"기억나지. 세상에, 너라고 생각 못 했어. 반갑다. 잘 지냈어?"
"저는 선배님 단번에 알아봤어요. 낮에 사무실에서."
담배 연기를 깊게 뱉어 내는 끝에 그가 말했다.
"잊은 적이 없는데……."
그녀는 그 말의 의미를 알 수 없었다.
"저기 선배 글 쓰세요? 그때 소설 쓰신다고……."
"소설? 그걸 어떻게……."
그때 원장이 담배를 피우러 나왔다.
"둘이 여기서 뭐 해, 벌써 뭐 정분이 난거야? 아냐 아냐 농담이야 농담! 김 선생 불 있어?"
"저 먼저 들어갈게요."
식당으로 들어가려는 그녀에게 그가 말했다.
"선배, 오늘은 늦었고 다음에 따로 차 한잔해요."
"응, 그러자."

어제와 다른 하루를 살고 온 날 그녀는 잠이 오질 않았다.
'수업이 두 시간 줄었다. 중등반은 삼십 명 간신히 넘는데 그 수입으로 살 수 있을까, 학원을 옮겨야 하나, 교사 자격증을 따러 야간 대학원이라도 다녀야 하나, 애들 아빠에게……. 아니다 진정한 사랑을 찾은 사람에게 전처와 그 아이들이 눈에 들어올 리가 없겠지. 어떻게 해야 하지?'

그녀는 깊은 한숨을 쉬었다.

'그런데 그 애는 내가 글을 쓰려 했다는 걸 어떻게 알았지? 입 밖으로 내 본 적이 없는데.'

너무나 까마득하게 잊어버리고 있던 날들이라, 떠오르는 것이 없었다.

'그게 뭐가 중요하다고. 역시 다른 학원을 알아보는 편이 낫겠어.'

그 여름

조금만 움직여도 땀이 났다. 동아리방에는 선풍기 한 대가 요란한 소리를 내며 돌아가고 있었다. 오래된 선풍기는 말 많은 노인처럼 끊임없이 덜그럭 윙~ 덜그럭 윙~ 소리를 반복하며 돌고 있었다. 그는 어제 늦도록 학교 정문 앞 호프집에서 술을 마셨다. 새벽에 동아리방 구석에 있는 간이침대에서 구겨져 잠이 들었다. 대학에 와서 한 학기 동안 지식보다 술이 더 늘었다. '감히 비교가 안 될 정도로'라고 그는 생각한다. 잠깐 깼다가 다시 잠이 들었는데, 덜그럭 윙~ 소리 끝에 '흑' 흐느끼는 여자 울음소리가 들렸다. 눈을 떴다.

'영신 선배?'

그녀는 그가 동아리방 구석에 있는 것을 모르는 듯했다. 그는 울고 있는 그녀가 자신을 발견하고 민망해하지 않도록 최대한 자신을 숨기며 숨죽이고 있었다.

한참을 훌쩍이던 그녀가 노트를 꺼내 무언가를 쓰기 시작했다. 가끔 쓰기를 멈추고 긴 한숨을 쉬었다. 그는 옆으로 누운 상태였는데 너무 오래 몸을 움직이지 않아, 옆구리 밑에 있던 손이 저렸다. 손을 빼려고 하는데, 이불 위에 있던 휴대폰이 떨어졌다. 놀란 그녀가 황급히 동아리방에서 나갔다.

'아이 씨!'

그는 왼손으로 이마를 쓸어 올리며 침대에서 일어났다. 숨어서 지켜본 꼴이 되어 버렸다.

신입생 환영회 겸 학과 체육대회에서 그녀는 그의 피구 파트너였다. 남녀가 손을 잡고 여자가 공을 맞으면 아웃이 되는 그런 피구 경기였다. 공을 맞아도 아웃이 안 되는 남자는 몸으로 파트너를 보호했다. 한 차례 경기가 끝나고 다시 남녀의 역할이 바뀌어 여자가 남자를 보호했다.

"신입생! 내 뒤에 꼭 숨어 있어라. 선배가 지켜 줄게."

그녀는 공이 날아오면 공 쪽으로 등을 돌려 그를 보호했다. 제법 아플 만한 속도의 공이 날아와도 몸을 사리지 않았다. 연애 경험이 없던 그는 여자와 그렇게 오래 손을 잡고 있어 본 적이 없었다. 경기가 끝나고도 그의 손에는 그녀 손의 따뜻하고 부드러운 감촉이 그대로 남아 설레기까지 했다. 손에 남아 있던 촉감은 그녀에 대한 관심으로 이어졌다. 그녀는 교지 편집을 위한 정기 모임 외에는 거의 볼 수가 없었다. "쟤 저러다 쓰러지는 거 아냐?"라고 선배들이 걱정할 정도로 많은 아르바이트를 하고 있었다. 경제적 어려움을 모르고 살아온 그는 고학하면서도 늘 씩씩한 그녀가 생각이 깊어 보였고 멋있게 보였다. 그 시절 스스로 의식이 있다고 여기는 대학 새내기에게 '고학'이라는 것은 한 번쯤은 꿈꿔 보던 동경의 생활이기도 했다. 그런 그녀가 오래 울었다.

　그는 머리를 긁적이며 그녀가 앉았던 탁자로 갔다. '이영신'이라는 이름이 쓰인 노트가 탁자 위에 있었다. 당황한 그녀가 미처 챙겨 가지 못한 노트였다.

　노트를 앞에 두고 한참을 망설이던 그는 그녀의 노트를 펼쳤다.

2001. 4. 23.

식당 사장 아들 이야기.
그는 준수한 외모를 가지고 있다.
180cm의 키에, 적당한 체중. 흰 반팔 티셔츠 소매 밖으로 드러난 그의 근육질 팔뚝은 단정해 보인다. 고개를 숙이면 그는 겸손하고 사색적으로 보였다. 그의 턱선이며 눈썹까지도 깊은 생각에 잠긴 듯 보였다.
그러나 그는 아무 말이나 저속하게 지껄여 대며, 한 가지 일을 성실히 끝까지 해내 본 적이 없는 사람이다. 책이라고는 근처에도 가지 않으며, 말끝에는 접미사처럼 씨발, 쌍을 달지 않고는 말이 되지를 않는다.
나는 가끔 그가 말이 없을 때 그의 외모로부터 떠올려지는 단어들 - 지적, 사색적, 고독 - 이 당황스럽다.

2001. 9. 12.

체격이 큰 손님이 식당에 왔다. 손님은 식당의 둥근 의자가 작다며 투덜거렸다.

나는 작은 소리로 "의자도 네가 힘들 거야."라고 말했다. 그런 상상을 한 적이 있었다.

영업시간이 다가오면 의자들도 일할 준비를 하며 서로 속삭인다.

오늘은 누가 올까? 그러다 가벼운 사람이 앉으면 "앗싸!"를 외치는 거지. 체격 큰 손님이 다가오면 의자들은 벌벌 떨지. 저놈이 나에게 걸리지 않기를……. 그때 한 의자가 말을 한다.

"게다가 쟤는 밥도 천천히 먹어."라고.

2002. 9. 8.

손이었다.

그와 내가 어울리지 않는다고 생각하며, 그 앞에서 주눅이 들었던 것은. 그의 잘생긴 외모도, 그의 집안도, 그의 깔끔하고 고급스러운 옷차림 때문도 아니었다. 손 때문이었다.

그의 손은 희고 길며 손마디가 매끄러웠다. 그는 차를 마실 때 약지로 찻잔 윗부분의 테두리를 따라 그리는 습관이 있었는데, 희고 긴 손가락 때문에 마치 그림을 그리듯 우아했다. 한 손으로 턱을 받치고 창밖을 지긋이 바라보는 모습이 멋진 것도 손 때문이었다.

내 손은 짧고 뭉툭하며, 손마디가 굵었다. 아르바이트하다 데인 상처 자국도 있었다.

나는 그를 만날 때면 손을 반쯤 구부려 굵은 손마디를 감췄다.
(짧았지만 내겐 사치 같은 연애였어! 그렇지? 응! 괜찮아.)

2003. 11. 17.

나는 반지하방 창으로 멀리 가을 끝자락의 산을 보고 있었다.
추위를 견디며 함께 모여 있는 숲의 나무들을.
울긋불긋 처연히 아름답더니 기어이 잎을 떨구며 지고 있는 모습이 애처로웠다.
그러다 창 바로 앞에 시멘트 담과 바닥 사이의 갈라진 좁은 틈에서 앙상하게 마른, 이미 숨이 다한 잡초를 보았다.
아! 너는 거기에서 홀로 봄과 여름, 가을을 나고는 이제 졌구나!
친구도, 보아 주는 사람도 없이 거기에 홀로 있었구나!
빛과 어둠과 비와 바람만이 너의 친구였겠구나!

나는 다시 눈을 들어 먼 데를 보았다.
거기에는 함께 모여 가을날을 보내는 숲이, 나무들과 풀들의 마을이 있었다.
담벼락에서 홀로 나고 자란 저 잡초는 담 너머 나무들과 풀들의 마을을 알까?
별빛 내리는 밤 홀로 무슨 꿈을 꾸었을까?
타는 듯 뜨거운 여름 낮, 무엇을 생각했을까?
담벼락에서의 삶은 철저한 고독의 삶이다. 혼자라는 것조차 알지 못하는, 그런 삶. 원초적인 외로움…….

나는 마른 풀을 오래도록 보았다. 알 수 없는 슬픔이, 내 삶에 덧입혀져 목울대를 넘어왔다.
(저 잡초와 달리 나는 내가 혼자라는 것을 안다. 나는 그들의 마을에 있어 봤으므로, 언젠가 내가 소설을 쓰게 된다면, 이 가난도, 외로움도 모두 소설의 소재가 될 거야. 그러니 괜찮아.)

2003. 12. 15.

요즘은 자주 너를 펼치게 된다.
새벽녘 검푸른 빛이 감도는 눈 쌓인 들판 위에서 나무가 찬 바람을 맞으며 홀로 아침을 맞듯 내게도 그런 아침이다.
몸과 마음을 기댈 온기가 없는 자에게 겨울은 외로움 그 자체다. 나는 겨울 속에 있다.
견디려면 무뎌져야 한다.

2004. 8. 3.

어떻게 해야 하지?
재신이 대학 등록금을 버는 것이 먼저다. 아르바이트로는 감당이 안 돼.
춥다.
이마엔 무더위로 땀이 흐르는데 내 몸은 한기로 덜덜 떨린다. 한여름의 추위에 대해서도 언젠가는 쓰게 될 거야 그렇지?

오래전부터 쓰고 있던 노트였다. 그녀는 누구에게 말을 하고 있는 걸까? 빈 노트가 그녀의 말 상대인가? 그녀가 겪고 있는 가난과 외로움은 얼마나 깊은 것인가? '고학'은 그가 생각하던 낭만의 고학이 아니었다. 그는 한여름에도 추위에 덜덜 떨며 울던 그녀의 뒷모습을 오래도록 잊지 못했다.

누군가에는 유난히도 더웠고, 누군가에게는 유난히도 추웠던 그 여름 그녀는 휴학을 했고, 그는 입대했다. 그는 그녀에게 노트를 전하지 못했다.

잃어버렸던 이야기

"선배 이거요."

"이거……오래전에 잃어버린 건데 어떻게 네가?"

"제가 동아리 방에서 주웠는데, 선배 휴학하시고, 드릴 기회가 없었어요. 죄송합니다. 선배에게 중요한 것 같은데, 제가 너무 오래 가지고 있었어요."

"……."

"정말 죄송해요."

"아니야. 그런데 이걸 읽었구나. 그래서 글 쓰냐고 나에게 물은 거구나!"

"……."

그는 고개를 들지 못했다.

"괜찮아. 세월이 얼만데, 이걸 버리지 않고 간직했다 돌려준 것만도 너무 고마워."

"글 쓰세요?"

"아니, 내가 무슨……. 그 노트를 적을 때나 지금이나 같아 나는. 원장님께 들었어. 네가 유명한 웹툰 작가라고."

"유명하긴요 뭘, 그냥 그래요."

"대단하다."

"아니에요. 선배님 정말 죄송합니다."

"괜찮다니까 그러니. 돌려줘서 내가 고맙지."

그녀는 그의 사과가 좀 지나치다고 생각했다.

'뭐가 저렇게 죄송하다는 건지, 궁금해서 읽어 볼 수도 있는 거지…….'

"그리고 저 때문에 선배님이 힘들게 되셨다는 얘기 들었어요. 수학 선생님이 말해 주더라구요. 학원 옮기지 마세요. 제가 그만둘게요. 어차피 경험 삼아……."

여기까지 말한 그가 아차 싶었는지 말을 멈추고 그녀를 본다.

"아냐 괜찮아. 작품 쓰는 데 필요한가 보네."

"죄송해요 선배, 저는 당장 그만둬도 괜찮아요."

"아냐 뭘 그렇게, 그러지 않아도 돼."

그렇게 말하면서도 속으로 그녀는 안도하고 고마웠다.

"저기요…… 선배…… 제 필명이 민이에요. 민이라는 이름으로 검색하셔서 〈그녀〉라는 웹툰 꼭 한번 보세요."

그날 그녀는 아이들을 재우고, 그에게 받은 노트를 펼쳤다. 잃어버렸던 노트 속에 잊었던 그녀의 이야기들이 하나둘 그녀의 가슴속에 살아났다.

'내게도 첫사랑이 있었구나!'

그녀가 기억하는 자신의 대학 시절은 하루하루 먹고살기에 급급했던 날들이었다. 그녀는 젊은 날의 글을 읽으며, 힘들었지만 꿈을 꾸었던 자신의 대학 시절이 떠올라 행복했다. 잊고 있던 이야기를 돌려준 그가 고마웠다.

'웹툰이라고?'

그녀는 그가 말한 웹툰이 궁금해졌다. 그녀는 웹툰을 읽은 적이 없었다. 그는 그녀가 생각하는 것보다 훨씬 유명한 듯했다. 민이라는 이름만 검색창에 입력해도 여러 작품과 기사, 수많은 댓글이 검색되었다. 그녀는 그가 말한 웹툰을 찾았다. 그의 첫 작품이었다.

호기심 어린 표정으로 모니터를 응시하던 그녀의 입가에 웃음이 사라졌다. 그녀는 모니터를 향해 기울였던 상체를 꼿꼿이 펴고 탁자 위에 있던 왼손을 무릎 위로 내리며 눈도 깜빡이지 않고 오른손으로 마우스의 스크롤바를 내렸다.

웹툰의 '그녀'는 자신이었다. '그녀의 이야기'는 자신의 이야기였다.

'내 노트의 글들을 가지고, 세상에 내 이야기를.'

그녀는 끝까지 볼 수가 없었다. 컴퓨터를 끄는 그녀의 손이 부들부들 떨렸다.

'뭐지? 도대체 어떻게 이럴 수가 있지?'

자신의 지난날을 송두리째 훔쳐 간 것이라고, 자신을 발가벗겨 사람들 앞에 세운 것이라고, 그녀는 도저히 용서할 수 없다고 입술을 깨물며 소리 없이 소리쳤다. 그녀 대신 학원을 그만두겠다던 그의 호의에 감사해 어쩔 줄 모르던 자신이 비참했다.

그녀는 거실의 불을 끄고 아침 해가 뜰 때까지 앉아 있었다.

학원이 끝나고 어제 앉았던 카페 그 자리에 그는 어제와 같은 자세로 앉아 있었다. 그는 고개를 들지 못했다.

"선배님 허락도 없이 정말 죄송합니다. 뭐라고 드릴 말씀이 없어요. 선배님 처분대로 할게요."

"……."

"선배님 죄송합니다. 놀라셨죠?"

그는 여전히 고개를 숙인 채 겨우 말했다.

"놀랐냐구? 발가벗겨진 기분이야. 사람들 앞에. 내 이야기가 이렇게 떠돌고 있을 줄이야. 어제는 너를 용서할 수 없을 것 같았어. 고발할까 하는 생각도 들었지. 그런데 말이야, 밤새 이를 부득부득 갈며 앉아 있었는데, 갑자기 그런 생각이 들더라. 이제 와서 뭐…… 그녀가 나라는 것도 사람들은 모를 텐데, 다 지나간 일이야. 내가 이 일을 들쑤시면 너를 내려앉히는 건데, 그래서 내가 뭘 얻겠어. 대단할 것도 없는 글이고. 네가 말해 주지 않았다면 몰랐을 일을 굳이 말한 너도 그동안 힘들었겠다 싶어."

그녀는 여기까지 말하고 일어섰다. 그녀는 어제 밤새 앉아서 분노하고 또 분노하며 그를 어떻게 할까 생각했다. 그러다 '내 이야기로 번 돈 내놓으라고 할까?'라는 생각이 불현듯 스쳤다. 그 생각이 떠오른 순간 그녀는 그런 생각을 하고 있는 자신이 혐오스러워 견딜 수가 없었다. 남의 글을 훔친 그녀, 그걸 돈으로 연결시키는 자신이나 다를 것이 없었다. 그러니 용서하고 말고 할 게 없다고 그녀는 생각했다.

"죄송합니다. 그리고 선배님…… 글 계속 쓰세요. 선배님 글 좋아요. 사람들도 그래서 그 웹툰을 좋아한 것 같아요. 제 그림이 아니라 선배님의 글 때문에……. 늘 응원하겠습니다. 기분 나쁘게 들리실 수 있지만 도움이 되고 싶습니다."

편지

원장이 봉투를 만지작거리고 있다.

'이걸 어쩐다.'

낮에 김민철 선생이 그만두며 국어 선생에게 전해 달라며 두고 간 봉투였다. 회식에서 둘 사이에 대해 호기심을 가지게 된 원장은 그가 갑자기 그만두는 것이 그녀와 관련이 있을 것이라고 생각하고 있던 차에 봉투를 받은 것이다. 봉투는 풀로 잘 붙여져 있었다. 원장은 천정 형광등에 봉투를 비춰 보았다. 편지가 들어 있는 것 같았다.

'둘이 잠이라도 잔 거야? 연애편진가? 에잇!'

원장은 혀를 끌끌 차며 봉투를 책상 서랍에 던지고, 저녁을 먹기 위해 자리에서 일어났다. 수업을 마친 그녀가 사무실로 들어왔다.

"저 이 선생!"

"네?"

"……아니에요."

원장은 학원 앞 중식당에서 짜장면을 먹었다. 배달을 시켜도 되지만 빵 조각으로 저녁을 때우는 선생들을 두고 혼자 먹기도 그렇고, 그들 것도 배달시켜 주기는 더더욱 그래서 식당을 찾는다. 저녁을 먹고 오니 선생들은 수업 중이고 사무실은 비어 있었다. 원장은 헛기침을 두어 번 하고는 슬쩍 봉투를 꺼냈다.

'궁금해서 못 참겠네. 그냥 살짝 보기만 하고, 다른 데 넣어서 줘도 되고.'

원장은 더 이상 못 참겠다는 듯 칼로 표 나지 않게 공들여 봉투를 열었다. 실눈을 해 가지고 봉투 안을 살펴보던 원장의 눈이 커졌다. 수표와 편지가 보였다. 원장은 당장 꺼내 금액을 확인했다. 상당한 금액이었다.

'이런 거액을 왜?'

원장은 사무실을 쓱 훑어보고 나서 편지를 펼쳐 읽기 시작했다. 선배가 예전의 당찬 눈빛을 다시 갖게 되길 바란다는, 용서를 구한다는, 멀리서 응원하겠다는 그런 내용이었다.

'흠…….'

그 순간 원장의 머릿속에는 이걸 전하지 않아도 두 사람이 그걸 확인할 가능성은 없겠다는 생각이 스쳤다. 원장은 수표와 편지를 봉투에 넣어 이번에는 자신의 사물함에 넣었다.

'이걸 어쩐다…….'

원장은 눈을 감고 의자에 기대 생각에 잠겼다.

그때 원장의 휴대전화가 울렸다.

"원장 선생님, 저 김민철입니다. 저…… 죄송합니다만 혹시 제가 부탁드린 것을 전하셨나요?"

원장은 당황해서 말을 더듬었다.

"아, 아니, 왜, 왜요?"

"아! 다행입니다. 아무래도 전하지 않는 편이 좋을 것 같아서요. 제가 오늘 학원 끝나는 시간에 맞춰 가지러 가겠습니다. 번거롭게 해 드려 죄송합니다."

"아니 뭐, 내가 전하면 되는데, 뭐, 번거, 번거로울 게 있나. 그래요, 이따 봅시다."

전화를 끊고 원장은 한숨을 깊게 쉬며 의자에 기대 신음소리처럼 내뱉었다.

'이 자식이…….'

뜯어진 봉투가 생각난 원장은 표 나지 않게 봉투를 다시 붙이려고 책상에 머리를 박고 앉아 끙끙댔다.

'아 이 새끼를…….'

다시 오늘

"이 선생, 지난번 김민철 샘이 후배라고 했죠?"

수학 선생이 호들갑을 떨며 말했다.

"네."

"웹툰 봤어요? 나도 원장님께 얘기 듣고 웹툰 찾아서 보고 있는데,

재밌네. 그녀가 누구일까?"

"네?"

"이것 봐. 웹툰 끝에."

수학 선생이 자신의 노트북을 그녀 쪽으로 돌렸다.

'이 웹툰은 제 대학 선배의 이야기이며 그녀의 글입니다. 세상 어딘가에 있을 그녀에게, 힘들지만 열심히 살고 있는 모든 이에게 이 웹툰을 드립니다.'

비가 왔다. 그녀는 귀가를 서둘렀다. 멀리서 손톱만 한 둥근달이 그녀를 따르고 있었다. 현관문 소리에 귀 기울이고 있던 두 아이는 그녀가 문을 열자 달려와 와락 그녀의 품에 안긴다. 낮에 천둥소리에 얼마나 무서웠는지를 재잘대며. 그녀는 품에 아이들을 꼭 품고 눈을 감았다.

그날 밤 그녀는 오래된 노트를 다시 꺼냈다. 노트가 마지막 쓰인 날은 2004년 8월 3일, 마지막 장을 넘겼다. 그녀는 그곳에 2017년 5월 22일이라고 쓴다. 종이 한 장의 한 면과 다른 면 사이에는 13년이 있었다.

2017. 5. 22.

봄내 가물었다.

중국발 황사에, 미세먼지에, 송홧가루까지……. 공중에 떠다니는 입자들로 답답한 날이 많은 봄이었다.

오늘 소나기가 내렸다.

빗소리에 이끌려 나도 모르게 창가에 서서 내리는 비를 보고 있었다. 여기저기 건물의 창에, 건물 입구에 얼굴들이 하나둘 나타나기 시작했다. 자세히 보면 모두 약간 고개를 쳐든 자세로 입을 살짝 벌리고 내리는 비를 보고 있다.

나는 멀리 다른 건물의 현관에 서 있는 사람에게 손을 흔들며

"시원하지요? 오랜만에 반가운 비가 내리네요."

라고 인사하고 싶은 마음마저 들었다. 센 빗줄기가 건물 지붕에 부딪혀 지붕 모서리를 따라 하얀 물보라를 일으켰다. 멀리 초여름의 녹색 숲에 내리는 비를 한동안 보고 있노라니 저리 비가 내리다가는 곧 저 숲은 열대 우림이 되겠구나 싶었다.

빗줄기가 점점 세진다. 고막을 울리는 천둥소리가 끊이지를 않는다. 벌써 세 시간째다. 안개 낀 날처럼 앞이 뿌옇게 보이지 않고, 기온은 이제 시원함을 넘어 서늘하다. 길의 낮은 데로 모여 아래로 흐르는 빗물의 속도가 점점 빨라지고 있다. 그들은 서로 모여 큰 물살을 이루어 으르렁대며 땅을 파내고 있었다. 두려워진다.

싱그러운 반가움은 세 시간 만에 두려움으로 바뀌었다. 건물의 창이 하나둘 닫히고 거리에는 아무도 보이지 않는다. 모두 건물 안으로 숨어 들어가

비가 그치기를 숨죽여 기다리고 있는 듯하다.
천둥은 "꽝" 하고 참았던 숨을 터트리듯 간헐적으로 몰아친다. 나는 비규칙적인 천둥소리가 들릴 때마다 소스라치게 놀랐다.
학교를 마치고 집으로 가야 하는 어린아이들이 걱정이다. 이 비를 뚫고 갈 수 있으려나? 천둥소리가 무서울 텐데. 아이들 걱정으로 비에 대한 사색은 멈췄다.
불안한 마음에 아이들에게 전화를 걸었으나 전화를 받지 않는다. 이 빗속에서 울고 있는 것은 아닌지, 당장 달려가 봐야 하나, 어찌할 바를 모르고 내리는 비를 속절없이 바라보고 있었다.
전화벨 소리.
"동현 엄마유? 비가 하도 퍼붓길래 내가 영감이랑 학교 앞으로 가 봤다우. 아이고 이쁜 것들이 글쎄 우산 하나를 둘이 꼭 붙들고 나오더라구. 집에 데리고 와서 뜨듯한 국물 먹였으니 걱정 말우."
옆집 할머니였다. 할머니의 뜨듯한 국물이 내 속에도 가득 찬 듯 따뜻해졌다.

그녀는 노트를 접고 아파트 베란다로 나갔다. 한바탕 비가 내린 공간은 방금 닦은 유리창처럼 맑았다. 해가 뜨기 직전의 새벽은 언제나 신비롭다. 둥글게 보이는 하늘엔 푸른빛이 감돌고 있었고 별들이 반짝였다. 지상은 아직 어두웠고 검푸른 빛을 띠는 하늘을 배경으로 건물들의 검은 실루엣이 그림 같았다. 새벽은 주술사들의 플라스마 볼처럼 투명하게 빛나고 있었다.

그녀는 베란다 문을 열고 두 팔을 벌려 불어오는 바람을 맞았다. 싱그러운 바람이 품에 가득 찼다. 무대의 커튼이 내려오듯 아침은 하늘로부터 지상으로 서서히 내려오고 있었다.

다시 오늘이다.

2.
바퀴벌레 인간

나는 인간이 아니다. 믿지 않겠지만 나는 인간의 모습을 한 바퀴벌레다. 정확하게는 절지동물문 곤충강 바퀴목의 먹바퀴다. 인간이 되고 알았다. 그들이 우리를 바퀴벌레라고 부른다는 것을. 오래전 그러니까 20년 전쯤? 이렇게 돼 버렸다. 나는 바퀴벌레 나이로는 ― 우리들은 인간의 날로 180일을 사는 것이 일생이므로 ― 삼천육백오십 살이 넘은 고조의 고조의 고조의 그 고조의 먼 조상님쯤 되는 나이다. 인간이 된 지 너무 오래되어 사실 나도 내가 인간인지 바퀴벌레인지도 잘 모르겠다.

그때 나는 알에서 부화한 지 채 일주일이 지나기 전이었다. 어머니와 아버지는 내가 알일 때부터 우리 형제들을 알집에 달고 다니며 돌봐 주셨고, 부화해서는 인간들이 젖을 먹이듯 두 분 몸에서 따뜻한 체액을 분비해서 우리를 먹이셨다. 나는 부모님의 살뜰한 보살핌 속에서 자라고 있었다. 우리 집은 어느 초등학교의 화장실 세면대 옆에 있는 구멍이었다. 집은 적당히 어두웠고 습했으며 춥지 않았다. 우리 형제들은 낮에는 집에서 잠을 자거나 좁은 집 안을 왔다 갔다 하며 장난을 쳤고 밤이 되어 먹이를 구하러 나갔을 때에나 비로소 마음껏 뛰어다닐 수 있었다. 부모님은 밖은 위험한 곳이라고 하루에도 수백

번은 말씀하셨다. 바닥에 떨어진 음식 부스러기 따위를 주워 먹으며 사는 우리에게 주위는 온통 천적투성이였다. 화장실에 자주 출몰하는 쥐와 고양이부터 귀뚜라미와 거미 심지어 우리보다 덩치가 작은 개미조차도 우리를 먹이로 했다. 우리는 그들의 공격을 방어할 어떤 수단도 가지지 못했다. 오직 달리는 수밖에 없었다. 인간이 되고 알게 되었는데 몸집 차이를 고려했을 때 우리는 치타보다 빨리 달린다고 했다. 고작해야 달려서 도망치는 것이 전부인 우리는 늘 어두운 곳에 숨어 살 수밖에 없었다. 그러나 그런 숙명을 받아들이기에 나는 어리고 호기심이 많고 영리했으며 형제들 중 누구보다도 잘 달렸다. 부모님의 감시가 소홀한 틈을 타 화장실을 나가 복도를 재빠르게 뛰어 지나가면, 아이들이 돌아간 빈 교실에는 먹다 흘린 과자 부스러기와 사탕, 바닥에 진득하게 말라붙은 음료수가 가득했다.

문제는 아이들이 없는 교실을 노리는 것이 나뿐이 아니라는 것이었다. 여러 천적이 차지해 버린 교실은 아이들이 있는 교실보다 위험했다. 눈높이가 같은 천적은 덩치가 큰 아이들보다 나를 더 잘 발견했다. 나는 얼마 지나지 않아 나의 천적들이 아이들이 가득한 교실에는 감히 올 엄두를 내지 못한다는 것을 알게 되었다. 그리하여 나는 아이들이 수업에 한창 집중하고 있을 때가 가장 안전하다고 생각하게 되었고 나의 판단은 옳았다.

교실의 그 아이를 알게 된 것도 그때였다. 다른 아이들보다 체격이 작고 낡은 옷을 입은 그 아이는 교실 맨 뒤 책상에 홀로 앉아 있었다. 그 아이는 주로 책상에 엎드려 있을 때가 많았는데 지나가는 나를 보고도 다른 아이들처럼 소리를 지르거나 놀라지 않았다. 처음엔 나도 경계를 했지만 그 아이가 나를 공격하지 않는다는 것을 확신하게 된 후론 그 아이를 신경 쓰지 않고 나의 볼일을 보았다. 그 아이는 가끔 주머니에서 과자 부스러기를 꺼내 지나가는 나에게 뿌려 주었는데 과자 부스러기에 맞아 내가 놀라는 모습을 미소 지으며 내려다보았다. 아이는 과자를 더 작게 만들어 내게 떨어뜨려 주고는 과자를 먹는 나를 지켜보았다. 그 교실 속에서 우리는 '두 아싸(아웃사이더)'였다. 우리 두 아싸는 가끔 마주칠 때를 빼고는 서로 무심히, 평화롭게 지내고 있었다. 적어도 그날까지는.

그날도 나는 교실 문 밖에서 수업이 시작되기를 기다려 교실 뒤 쓰레기통으로 달려갔다. 쓰레기통 주변은 천국이었다. 바닥에는 각종 먹을거리가 풍성했고 쓰레기가 널려 있어 만일의 경우 나를 엄폐할 수 있었다. 그날은 마카롱이 그것도 내 덩치만 하게 큰 오색찬란한 마카롱이 쓰레기통 주위에 여기저기 떨어져 있었다. 마카롱 때문에 나는 이성을 잃고 말았다. 잠시만 머물러야 한다는 나의 원칙을 잊고 이 마카롱에서 저 마카롱으로 옮겨 다니며 마카롱에 얼굴을 박고 정신없이 먹어 대고 있었다. 문득 주위가 어두워졌다는 것을 느끼고 고개를 들었을 때 한 아이가 산처럼 거대하게 서서 나를 내려다보고 있었다. 아이와 나의 눈이 마주쳤다. 아이는 잠시 멍한 표정을 짓더니 이내 얼굴이 일그러지며

"벌레다! 바퀴벌레다!"

천둥처럼 소리를 지르기 시작했다. 나는 너무 놀라 그 자리에 얼어붙어 버렸다. 교실은 순식간에 전쟁터처럼 변했다. 뒤늦게 숨어야겠다고 깨닫고 쓰레기 조각 밑으로 숨었지만 이미 몇몇 아이들이 빗자

루로 사정없이 나를 내려치기 시작했다. 나는 죽음의 공포에 사로잡혀 평소처럼 빠르게 뛰지도 못하고 방향도 없이 이러저리 빗자루를 피해 왔다 갔다 했다.

그런데 그때 아이들이 갑자기 백배는 더 크게 비명을 질러 대기 시작했다. 아이들이 소리를 지르며 몰려간 곳에는 나의 부모님이 공중을 날고 있었다. 우리 먹바퀴들이 날 수 있다는 것을 알고 있었지만 부모님이 나는 것을 처음 보았다. 부모님은 나를 구하기 위해 오신 것이다. 날고 있는 바퀴벌레를 본 아이들은 더욱 전의에 불타 허공에 빗자루를 휘두르기 시작했다.

"도망쳐 아가야!"

아이들의 빗자루에 막혀 내게 오지는 못하시고 부모님은 교실을 날며 내게 안타까운 신호를 보내셨다. 하지만 나는 꼼짝할 수가 없었다. 삼천 살이 훨씬 넘은 지금도 그때를 생각하며 가슴이 미어지게 후회를 하곤 한다. 그때 내가 재빠르게 도망쳤더라면 부모님도 높이 날아올라 그 혼돈과 죽음의 공간에서 빠져나올 수 있지 않았을까? 아니 애초에 내가 부모님의 말씀을 잘 들어 교실에 가지 않았더라면 좋았을 것을…….

혼란스러운 교실을 정리한 것은 살충제였다. 누군가 뿌린 살충제를 맞고 두 분은 사지가 마비된 채로 차례로 그 자리에 떨어지셨고, 내리치는 빗자루에 머리가 터지고 내장이 튀어나오고 급기야 형체를 알 수 없게 짓이겨졌다. 그러고서도 성에 차지 않는지 나를 처음 발견했던 그 아이는 짓이겨진 부모님을 휴지로 덮고 두 발로 쿵쿵 뛰며 여러 번 더 짓밟았다. 나는 아직도 이해할 수 없다. 두려움에 떨고 있는 우리들을 인간들이 왜 그토록 전의에 불타 공격하는지. 부모님의 죽음을 본 나는 공포와 슬픔으로 정신을 차릴 수가 없었다.

"야 아직 한 마리 더 남았어. 여기야 여기."

부모님을 해치운 아이들은 교실 뒤 한가운데 덩그러니 서서 두려움에 떨고 있는 나에게 돌격해 왔다.

"죽이지 마!"

그때 '지금의 내가' 그러니까 그 아이가, 구석에 주저앉아 울며 이 상황을 지켜보고 있던 그 아이가, 내가 빗자루에 맞기 직전, 나를 자신의 품에 넣고는 동시에 뒤에서 가격하는 빗자루에 맞아 고꾸라졌다.

얼마나 지났을까? 칠흑같이 어두웠다. 나는 폭신한 바닥에 누워 무언가에 덮여 있었다. 그들이 부모님을 짓밟기 전 덮었던 휴지가 생각났다. 나는 몸서리치며 몸을 빼냈다. 주위에는 아무도 없는 것 같았다. 나는 습관적으로 숨을 곳을 찾아 벽면을 따라 기기 시작했다. 몸이 무거웠고 아무것도 보이지 않아 여기저기 부딪혔다. 이상했다. 바퀴벌레인 내가 어둡다고 보이지가 않다니. 하지만 그런 것을 이상히 여기며 생각에 빠져 있기에 나는 너무 두려웠고 슬펐다. 모든 것이 받아들여지지 않았다. 부딪히는 아픔 따위는 아무것도 아니었다. 나는 좁은 방 안을 빙빙 돌았다. 그러다 다시 기절하고 깨어나 빙빙 돌고 기절하고를 반복했다.

찬물을 끼얹듯 햇빛이 느닷없이 작은 창문으로 쏟아져 들어와 기절한 나를 깨웠다. 노인이 나를 내려다보고 있었다. 나는 두려워 몸을 웅크리고 꼼짝하지 않았다. 노인이 나에게 무어라 말을 했지만 나는 노인의 말을 알아들을 수 없었다. 노인의 말을 알아들을 수는 없었지만 나는 본능적으로 노인이 내게 위협이 되지 않는 인간이라는 것을 알 수 있었다. 노인의 눈빛은 어딘지 익숙했다. 어디서 본 듯한 눈빛…… 내게 과자 부스러기를 던져 주던 아이의 눈빛, 집 안 곳곳을 휘젓고 다니며 장난치는 나를 보던 부모님의 눈빛……. 그런 눈빛이었다.

　노인의 집에서 나는 꽤 오랫동안 어두운 방에 틀어박혀 벽면을 따라 빙빙 돌고 쓰러지고를 반복했다. 정신이 들어 깨어나면 노인은 내 입에 음식을 넣어 주고, 수건으로 몸을 닦아 주고는 다시 고요 속에 나를 두었다. 노인은 나를 그냥 두었다. 재촉하지 않았다. 나는 노인의 보살핌과 기다림 속에서 점차 두 발로 걷는 법을 배웠다. 그리고 인간과 온갖 것들이 나오는 네모난 상자를 보며 말과 글을 익히고 인간 사회에 대해 알아 갔다. 나는 아주 영리한 바퀴벌레였다. 사실 내 머리가 영리한 것인지 남수라는 아이의 머리가 영리한 것인지는 모르겠지만.

　할머니 집에 온 지 몇 달이 지났을 무렵 나는 어두운 방에서 나와 마당 한편에 앉아 햇볕을 받으며 시간을 보낼 수 있게 되었다. 남수의 집은 창이 뚫린 작은 상자 같았다. 빛바랜 붉은 기와지붕의 집은 한쪽 벽의 절반을 창문이 차지하고 있었는데 창문은 담쟁이 잎으로 반쯤 가려져 있었다. 아침이면 담쟁이 잎 사이로 햇볕이 새어 들어와 작은 거실은 빛과 어른거리는 그림자의 놀이터가 되었다.

　나는 종일 마당 구석에 앉아서 낮이 저녁으로, 저녁이 밤으로 변해

가는 것을 보았다. 인간이 되고 좋은 것은 이것이었다. 나를 드러낼 수 있는 것. 어디 숨지 않고도 하늘을 볼 수 있는 것. 조용히 귀를 기울이면 낮 동안 숨죽여 있던 또 다른 세상이 저녁 무렵부터 서서히 나타나는 것을 느낄 수 있었다. 개 짖는 소리, 새 소리, 풀벌레 소리, 바람에 나뭇잎이 흔들리는 소리, 이런 소리들 속에서 비밀스러운 영혼들의 얘기 소리도 들렸다. 숲의 나무는 노을빛을 받아 하나둘씩 초록 옷을 벗고 약간은 붉으며, 약간은 노랗고, 약간은 푸른 옷으로 갈아입고 어둠을 기다린다. 어둠이 온 세상에 깃들면 이제 모든 것은 하나의 빛으로 합쳐지기 시작하다가 종국에는 검게 사라진다. 개개의 모습을 잃고 검게 변해 하나가 되어 버린 숲은 거대한 어둠의 성벽처럼 나를 둘러싼다. 그때 세상의 모든 소리도 어둠에 흡수되어 물속에 가라앉은 듯 고요해진다. 나는 그 순간이 좋았다. 매일 저녁 나는 홀로 마당에 앉아 어둠이 오는 것을 기다렸다. 정적이 나를 둘러싸고 검은 도화지처럼 주변이 물들면 비로소 집에 온 듯 편안해지는 것이었다.

 말도 못 하고 바퀴벌레처럼 방바닥을 기어다니고, 쥐를 보면 화들짝 놀라 몸을 웅크려 떠는 내게 할머니는 아무것도 묻지 않았다. 할머니는 손주의 변화를 그냥 받아들이셨다. 할머니에게는 겉으로 보이는 무언가보다 손주 그 자체가 중요한 것 같았다. 그렇지만 나는 남수가 아니었다. 나는 내가 남수가 되었으니 남수가 내가 된 것이 아닐까 싶었다. 남수가 내가 되었다면 그 초등학교 어딘가에 있을 것이었다. 바퀴벌레의 나이대로라면 벌써 사라졌을 것이었다. 하지만 인간이 바퀴벌레가 되었으니 다른 바퀴벌레보다 좀 더 오래 살지 않을까? 남수의 행적도, 내 형제들의 행적도 나의 집에 가야 알 수 있을 것 같앉다. 할머니에게 학교에 데려다 달라고 했다.

"학교에 가고 싶으냐?"

할머니는 내가 학교에 다니고 싶어 한다고 생각하신 것 같았다. 다음 날 나를 씻기고 새 옷을 입혀 남수가 있던 교실 앞으로 나를 데려가셨다. 나는 화장실로 뛰어갔다. 화장실은 그대로였다. 습하고, 적당히 어둡고…… 마음이 편안해지는 축축함. 나는 화장실 바닥에 엎드려 개수대 옆 구멍 속을 들여다보았다. 아무것도 보이지 않았다.

마침 수업이 끝나는 종이 울렸다.

"야 남수다!"

화장실 문을 열던 아이는 나를 보고는 전령처럼 교실로 달렸고 잠시 후 한 무리의 아이들이 우르르 화장실로 몰려왔다. 아이들은 바닥에 엎드려 있는 나를 에워쌌다.

"너 학교 왜 왔어?"

"친구들 찾으러 왔냐? 바퀴벌레들."

"아저씨들이 약 쳐서 다 죽였어."

아이들이 웅성대며 한마디씩 했다. 나는 그날처럼 꼼짝하지 못하고 바닥에 엎드려 떨었다.

"이 새끼도 바퀴벌레 같지 않냐?"

한 아이가 나를 걷어찼다. 뒤늦게 나를 따라온 할머니가 아이들을 물리쳤다. 할머니는 나를 안아 일으켜 세운 후 내 옷에 묻은 흙을 털어 주었다. 집으로 가는 길, 할머니는 내 손을 잡고 말없이 걸으셨다.

"학교에 가지 않아도 된다."

나는 울면서 고백했다.

"저는 남수가 아니에요. 제 집은 아까 거기……."

할머니는 걸음을 멈추고 나를 보셨다. 순간 나는 두려웠다. 내가 남수가 아니라 바퀴벌레라는 걸 알게 되면 할머니도 나를 손가락으로 찍어 눌러 버리지는 않을까. 말없이 나를 보시던 할머니가 입을 열었다.

"너는 어느 날 새처럼 내 품에 날아들었지. 두려워하지 말거라. 내게 너는 여전히 남수란다. 설사 남수가 아니라도, 너는 내 품에 날아든 또 다른 아기 새일 테니. 두려워하지 말거라 아가야."

할머니께는 죄송했지만, 인간이 된 몸으로 어디로 가야 할지도 알 수 없었다. 할머니의 집으로 다시 돌아간 나는 더 이상 방에 틀어박혀 있지 않았다. 무언가를 해 드리고 싶었다. 부모 형제를 다 잃은 나를, 손주의 몸속에 들어와 있는 나를 받아 준 할머니에게.

할머니의 집 마당에는 온갖 풀과 곤충과 동물이 어울려 살고 있었다. 이 집에서 할머니와 나는 가장 넓은 면적을 차지하고 사는 구성원 중 하나일 뿐이었다. 할머니는 매일 쑥쑥 자라나는 풀 중 몇 가지를 뜯어 된장과 함께 찬으로 내셨다. 할머니는 아침 일을 나가기 전 마당에 물을 한번 뿌리고 작은 그릇 몇 개에 물과 음식을 조금 놓고는 집을 나섰다. 할머니는 이 작은 집 안에서 풀과 곤충과 새들, 그 밖의 모든 살아 있는 것들의 인자한 보호자였다.

집 밖 세상에서 할머니는 손수레를 끌고 먼지 가득한 거리의 휴지통을 뒤지며 폐지를 주웠다. 남루한 차림의 할머니는 빠른 속도로 달리는 차가 가득한 도로에서 손수레를 끌고 달팽이처럼 느리게 걸었다. 할머니는 경적을 울리는 차들에 미안하다고 굽은 허리를 더욱 굽

실댔다. 가게 주인들은 쓰레기를 줍는 할머니를 더럽다고 쫓아내기도 했고 행인들은 벌레를 피해 가듯 할머니를 피해 지나갔다.

나는 자주 할머니를 따라나섰다. 걸음이 빠르고 할머니보다 힘이 센 나는 꽤나 쓸모 있는 일꾼이었다. 하루 종일 도시를 전전하며 폐지를 줍다 어느 건물의 계단에 앉아 할머니와 함께 넓은 풀잎으로 감싼 주먹밥을 먹는 시간이 행복했다. 행복할수록 나는 할머니의 손주가 아니라는 것이 더 미안했고 그래서 더 열심히 폐지를 주웠다.

남수를 찾는 일도 포기할 수 없었다. 나는 남수가 내가 되었을 것이라고 확신했다. 남수를 찾기 위해서 학교에 다시 가야 했다. 전처럼 바퀴벌레 같은 모습으로는 남수를 찾을 수 없다는 것도 알았다. 나는 남수의 책상에 있는 책들을 모두 읽고 외웠다.

나는 이듬해 학교에 갔다. 그리고 바퀴벌레의 처지를 벗어나 학교의 훌륭한 구성원으로 받아들여졌다. 어렵지는 않았다. 몇 번의 시험에서 일등을 하고, 몇 번의 유창한 발표, 체육 대회에서 빛의 속도로 달리기, 그것이면 충분했다. 더 이상 누구도 나를 놀리고 걷어차지 않았다. 물론 모든 아이들이 나를 받아들인 것은 아니었다. 화장실에서 나를 걷어차던 그 아이, 우리 부모님을 끝까지 밟아 짓이기던 그 아이는 드러내 놓고 나를 괴롭히지는 않았지만 나에 대한 감시를 늦추지 않았다.

"이 새끼 네가 남수라고? 말도 잘 못하고, 멍청했던 남수라고?"

둘만 있게 되면 그 아이는 노골적으로 나에 대한 적개심을 드러냈다. 나는 나에 대한 그 아이의 적개심의 이유를 알 수 없었다. 나도 그 아이가 싫었다. 내 부모를 죽일 때, 히죽이며 짓밟던 그 아이를 좋아

할 수는 없었다. 그 아이는 길을 잃고 교실로 날아든 작은 벌을 잡아 날개를 하나씩 떼어 내고, 다리를 떼어 내고, 몸통을 세 등분했다. 학교에서의 생활은 대부분 평화로웠지만, 그 아이의 그런 행동에 내 인내력은 종종 바닥을 보였다. 그런 순간 나는 그 아이를 밀치고 그들을 구했지만, 언제나 그럴 수 있는 것은 아니었다. 그 아이는 나에게 보이려고 더 잔인하게 그들을 괴롭히는 것 같았다. 날개를 모두 떼어 내 한 자리만 빙빙 돌게 만든 잠자리, 한쪽 다리를 떼어 내 절름거리게 만든 개미를 나에게 던졌다.

"도대체 왜? 왜 벌레가 싫은 거야?"
"징그럽고 더러워. 너처럼 새끼야!"

나는 그들을 손에 들고, 그들의 고통을 함께 느끼며 울었다. 그런 내 반응을 본 그 아이는 점점 더 잔인하게 그들을 괴롭혔다. 나는 얼마 지나지 않아 내 반응이 그 아이를 점점 더 잔인하게 만든다는 것을 알게 되었다. 나는 애써 모른 척했다. 그들의 죽음에 내가 모두 관여할 수도 없었다. 그 아이가 아니더라도 교실에 나타난 벌레에게 살충제를 뿌리고, 밟아 죽이는 것은 특별한 일이 아니었다. 이해한다. 생김새가 다르고, 자신을 물지도 모르는 벌레가 다가오면, 원치 않게 자신의 공간을 침입하여 날고 기는 벌레를 보게 되면 죽이고 쫓아낼 수 있다. 어떤 존재든 자신과 다르고 자신에게 위협이 될 수 있는 다른 존재에 대해 공격성을 나타낼 수 있다. 그러나 내가 이해할 수 없는 것은 공격받아 더 이상 위협이 되지 않는 그들을 계속해서 짓이긴다거나, 그저 자신의 길을 가고 있을 뿐인 그들을 놀잇감처럼 사지를 떼어 내며 죽이는 것이다. 그 살기와 혐오의 근원을 나는 이해할 수 없었다. 살고자 꿈틀거리며 도망 다니는, 두려움에 떠는 그들의 눈을 마주치는 것은 견딜 수 없는 일이었다. 그런 날이면 나는 내 사지가 절단되어 짓밟히는 꿈. 친구들이 핀에 꽂힌 채 전시되어 있는 표본실에 나도 산 채로 꿰어지는 꿈을 꾸며 밤새 시달렸다. 남수를 찾는 일이 아니라면 내가 이곳에 있을 이유는 없었다.

아이들과 선생님의 설명으로 알게 된 그때의 사정은 내가 알고 있는 것과 다르지 않았다. 바퀴벌레로 한바탕 소동이 일어난 후 학교는 교실, 화장실, 창고 할 것 없이 대대적인 소독 작업이 진행되었고, 모든 교실에는 뿌리는 살충제가 여러 개 지급되었으며 벌레를 잡기 위해 건물 구석구석 독이 든 음식을 놓았다. 그날 이후 학교에서 바퀴벌레를 보았다는 아이는 없었다. 학교가 끝나 모두 돌아가고 나면 남몰래 교실과 화장실을 전전하며 남수의 흔적을, 바퀴벌레의 흔적을 찾았지만 헛수고였다. 화장실 바닥의 좁은 틈을 들여다보며 바닥에 엎드려 바퀴벌레 소리를 내며 가족을 부르던 어느 날 그 아이가 나를 내려다보고 있었다. 그날처럼.

"이 새끼, 왠지 이상했어. 이 새끼 너도 바퀴벌레 맞지?"

무어라 말할 새도 없이 그 아이는 나를 걷어찼다. 그러고는 화장실 벽에 세워져 있던 마대걸레를 집어 들어 나를 내리쳤다. 나는 재빨리 옆으로 피한 후 그 아이를 쓰러뜨렸다. 지금 나는 숨기만 하는 바퀴벌레가 아니었다. 나는 그 아이의 배에 올라타 주먹으로 얼굴을 힘껏 후려치기 시작했다. 그 아이에 대한 분노가 한꺼번에 치밀어 올라 나는 살기를 느꼈다. 다시 가격하려는 순간 피투성이가 된 그 아이 얼굴을, 두려움 가득한 나약한 그 아이의 눈을 보았다. 때릴 수 없었다. 그 순간 나도 두려움에 떨며 아무것도 할 수 없는 대상을 짓밟고 있었다.
"한 번만 나를, 내 친구들을 건드리면 네가 죽인 벌레들과 똑같이 너의 팔다리를 잘라 버릴 거다. 네 말대로 나는 바퀴벌레니까. 인간 하나 죽이는 것쯤 나한테는 네가 바퀴벌레 죽이는 것하고 같아."

그 일 이후로 그 아이는 나를 피했고 내가 곁을 지나가면 화들짝 놀라 몸을 움츠렸다. 예전에 도망 다니던 때의 나처럼. 내가 무슨 짓을 한 것인지. 두려워하는 그 아이를 보는 것도 친구들의 죽음을 대하는 것만큼 괴로웠다.

몇 달 동안 학교 곳곳을 뒤졌지만 남수의 흔적을 찾을 수 없었다. 귀뚜라미가 울고 보름달이 뜬 어느 바람 부는 날 밤, 늦도록 학교를 헤매던 나는 운동장 구석에 앉아 있었다.

"남수야! 남수야!"

할머니의 소리가 들렸다. 할머니는 풀 죽어 앉아 있는 내 옆에서 한동안 말이 없으셨다.

"괜찮다. 다 괜찮다. 이제 그만하렴 아가야."

"죄송해요. 저는 남수가 아닌데, 남수를 못 찾겠어요. 죄송해요."

"괜찮다 아가야. 괜찮아."

할머니 품에 안겨 울었다.

나에게 일어난 모든 일들을, 친구들에게 일어나는 모든 고통스러운 일들을 내 작은 몸으로는 견뎌 낼 수 없어 쩔쩔맸지만 할머니 품에 안겨 있으면 평안했다.

"어서 와. 아직 식사 전이지? 같이 한술 떠."

"아니에요. 아저씨 드세요."

"찬이 없어서 그래? 같이 먹어."

"무슨 말씀을요. 번번이 죄송해서 그러지요."

"나도 혼자 먹기 적적한 걸."

고물상 박 씨 아저씨는 내가 미처 대답하기도 전에 상에 숟가락 하나를 더 올렸다. 항상 그렇듯, 마지못해 앉는 시늉을 하며 한 자리 차지하고 앉았다. 나는 등에 멘 가방을 내려 아침에 딴 고추와 호박을 꺼냈다.

"이거 아침에 딴 건데요. 드시라고 가져왔어요."

"할머니도 그러시더니."

8월 무더위에 판잣집 같은 고물상 사무실은 찜통이었다. 말조차 잊게 만드는 더위 속에서 덜그럭거리는 선풍기 소리와 신 열무김치를 씹는 소리만이 사무실 안에 가득했다.

"자 여기! 더운데 잘 먹고 다녀."

점심을 먹고 난 후 김 씨 아저씨가 폐지 값을 건넸다. 김 씨 아저씨는 할머니 때부터 폐품을 사 주고 있다. 시꺼먼 얼굴에 무뚝뚝하고 혼자 살고 있는 아저씨를 사람들은 무서워했다. 하지만 내게 아저씨는 자신의 밥을 기꺼이 나눠 주고, 몰래 이삼백 원의 웃돈을 얹어 주기도 하는 따뜻한 분이었다. 무엇보다도 나 이외에 할머니를 기억하는 유일한 사람이었다. 아저씨는 항상 같은 작업복을 입고, 여기저기 흠집이 있는 안경을 쓰고 있었다. 아저씨에게서 변하는 것은 얼굴의 주름과 점점 작아지는 몸집이었다. 나는 아저씨를 보며 저러다 언젠가 아저씨가 작업복 속으로 사라져 보이지 않는 날이 오겠다고 생각했다.

"아저씨도 더운데 조심하세요!"

아저씨가 오래 살았으면 좋겠다. 아저씨에 대한 걱정이 아니고 내 바람이다. 할머니에 대한 기억을 공유하고 있으며, 유일하게 내 안부를 물어 주는 아저씨가 조금 더 곁에 머물러 주었으면 하는 바람.

할머니는 내가 인간이 되고 칠 년이 지났을 때 세상을 떠나셨다. 그리고 나는 할머니의 세상을 물려받았다. 이곳에서 나는, 할머니가 그랬듯이, 아침 해가 뜨면 일어나 밥을 먹고, 이 집을 찾은 작은 생명들, 풀과 곤충과 새들에게 물과 음식을 주고는 가방에 먹을 것을 조금 넣어 폐지를 주우러 집을 나선다. 할머니와 함께 다녔던 도시의 이곳저곳을 느리게 다니며 폐지를 줍고, 길에서 만난 고양이와 개에게 먹을 것을 나눠 주기도 하고, 내 유일한 인간 친구인 김 씨 아저씨와 시간을 보내다 집으로 돌아온다. 저녁이 되면 뒤뜰에 있는, 할머니를 묻은 나무에 기대앉아 검은색 도화지 같은 어둠을 기다린다. 어둠이 세상을 덮고 별이 하나둘씩 켜져 작은 집을 비출 때까지 할머니 곁에 머물다 방에 들어가 잠을 청한다.

나의 세상은 이 집만으로도 충분히 크다. 나는 작은 바퀴벌레이므로.

이 집 안에서 만큼은 모든 존재가 같다. 작은 벌레조차도 죽음의 공포에 떨지 않는. 할머니는 그런 집을 나에게 물려주신 것이다. 언젠가 이 집에 나와 같은 존재가 깃든다면 할머니처럼 나도 그를 받아들여 품게 되겠지. 할머니의 자장가가 풀벌레 소리에 묻어오는 여름밤이다.

3.
지금, 여기

1.

 그녀의 메시지를 확인한 건 새벽 네 시가 되기 전이었다.
 그날, 입대를 며칠 앞둔 친구 녀석을 위해 남학생들끼리 모여 송별식을 했다. 모두 정신을 잃도록 술을 마셨다. 집까지 어떻게 왔는지 기억이 나지 않았다. 나는 집에 오자마자 쓰러져 잠들었다.
 갈증으로 새벽에 잠깐 눈을 떴을 때, 습관처럼 휴대폰을 보았다.
 '더 이상 살 이유를 모르겠어.'
 찬물을 벌컥 들이켰다. 머리카락의 물기를 털어 내듯 술기운을 털어 내려 도리질을 했지만 술기운은 가셔지지 않았다.
 휴대폰을 다시 보았다. 문자 메시지가 발신된 시각은 새벽 두 시.
 통화 버튼을 눌렀다.
 초조한 내게 한 번의 발신음은 길었다. 발신음이 모두 소진되어 '전화를 받을 수 없습니다'라는 음성이 들릴 때까지 떨리는 손으로 전화기를 붙들고 있었다. 땀이 난 손은 미끄러웠고 떨리기까지 했다. 미처 재발신을 누르지 못하고 전화기를 떨어뜨리고 말았다.
 전화기를 주울 정신도 없이 자취방의 문을 박차고 나가 그녀의 자취방이 있는 언덕 위 아파트를 향해 전력 질주하였다.

　새벽길은 고요했다. 달무리 진 보름달이 언덕을 향해 질주하는 나를 보고 있었다. 옅은 안개가 내 몸을 감쌌고 길가에 늘어선 주황의 가로등이 나와 함께 달렸다. 동트기 전 새벽의 푸른 공기에서는 겨울 눈과 같은 맛이 났다. 먼지 맛 같기도 했다.

　보름달이 비추는 새벽 풍경이 영화의 느린 화면처럼 지나갔다.

　내가 빨리 뛰면 길가의 집과 가로등은 사다리꼴 모양으로 일그러졌다가 숨이 턱 밑까지 차올라 속도를 늦추면 제 모습으로 돌아왔다. 몇 번의 일그러짐과 돌아옴이 반복된 후 그녀의 아파트에 이르렀다.

　아파트는 언덕 위에 한 동만이 우뚝 솟아 있었다. 그것은 작은 동산 위에서 미끄러지지 않기 위해 용을 써 균형을 잡고 있었다.

　아파트 옥상에 검은 실루엣이 보였다. 얼굴이 보이지는 않았지만, 그녀인 것을 알 수 있었다. 다급히 그녀의 이름을 부르는 내 소리는 입 밖으로 나오지 못하고 입안에서 맴돌았다. 내가 미처 무엇을 할 시간도 없이 그녀는 떨어졌다. 15층의 아파트에서 떨어지는 그녀는 검은 원피스를 입고 있었다. 바람 좋은 날 까마귀가 활강하듯이 그녀는 치맛자락을 나풀거리며 떨어졌다. 그녀가 떨어지는 수 초간이 비현실적으로 다가왔다.

　퍽!

　둔탁한 소리가 들렸다. 나는 그녀가 떨어진 곳으로 가지 못하고, 그대로 허공을 보며 서 있었다. 활강한 새가 땅에 닿기 전 날아오르듯, 그녀가 다시 날아오르기를 기다렸다.

　그녀는 다시 날아오르지 않았다.

나는 그녀가 도달했을 지상의 지점을 향해 천천히 다가갔다. 불과 10여 미터 남짓한 거리를 가는 데 수분이 걸렸다. 그녀가 떨어진 곳은 풀숲이었다. 그녀는 하늘을 향해 눈을 뜨고 누워 있었다. 머리가 깨져 주위는 피로 흥건했다. 몸을 구부정하게 구부려 그녀의 눈을 보았다. 무엇이라도 해야 했지만, 몸은 돌처럼 굳어 움직이지 않았다.

청개구리 한 마리가 그녀의 얼굴 위로 뛰어올랐다. 나는 개구리를 무섭게 노려보다 쭈그려 앉아 그것을 움켜쥐었다. 개구리가 그녀를 죽게 한 것처럼, 개구리에게 분노하며 그것을 집어 풀숲으로 던졌다. 내 손에 잡혀 던져질 때 개구리의 맑은 눈이 반짝했다. 손에 개구리의 진액이 남아 미끈거렸다. 나는 미친 듯이 손을 닦아 냈다. 풀에, 흙바닥에 피가 나도록 비벼 댔다.

'손을 씻어야 해, 내 손에서 개구리 냄새가 난다고.'

개구리 냄새를 씻어 낼 물을 찾기 위해 달렸다. 그녀는 풀숲에 누워 있었다. 그녀에게서 움직이는 것은 그녀의 머리에서 흘러나온 피뿐이었다.

그런 그녀를 그대로 둔 채 방향도 없이 뛰었다. 뛴다기보다는 허우적거린다는 표현이 맞을 것이었다. 그러다 어떤 느낌에 갑자기 멈춰 섰다. 손이 근질근질했다. 손을 긁던 내게 무언가가 보였다. 피부 아래에서 작은 것들이 꿈틀거리고 있었다. 한두 개가 아니었다. 개구리였다. 수많은 개구리가 피부 아래 조직에서 출아하듯 자라 나오고 있었다.

"아악!"

나는 개구리들을 길가 돌에 찧어 죽이려고 손바닥을 돌에 내리쳤다. 손바닥을 내리치다 보면 손등에서, 손등을 내리찍으면 손바닥에서 개구리들이 자라 올라오고 있었다.
'개구리 냄새 때문이야, 개구리 냄새만 씻어 내면 돼.'
피가 흐르는 손을, 개구리가 출아하고 있는 손을 씻어 낼 곳을 찾기 위해 달렸다.

동쪽으로 창이 난 자취방에 여름 햇볕이 강하게 내리쬐었다.
햇볕의 뜨거움에 잠이 깼다. 열한 시였다. 머리가 깨질 듯이 아팠다.
베개에 머리를 묻자 방이 회전했다.
한동안 방의 회전에 몸을 맡기고 있다가 비틀거리며 냉장고에서 냉수를 꺼내 마셨다.
'꿈이었을까?'
손을 보았다. 손은…… 깨끗했다.
'꿈이었구나!'
베개에 얼굴을 묻었다. 조금 전보다 더 빠른 속도로 방이 회전했다. 다시 잠들었다.
전화벨 소리,
회전하던 방이 멈추었다.
전화기를 들었다.
전화기 너머의 소리가 외계어처럼 들렸다. 나는 건성으로 듣고 있었다.
외계어 속에 '죽어, 새벽, 소영이' 알아들을 수 있는 말들이 간혹 들렸다.

자리에서 벌떡 일어났다. 전화를 끊고 휴대전화의 문자 메시지를 확인했다.

'더 이상 살 이유를 모르겠어.'

2.

그때,
너는 아무것도 하지 않았다.
마취하지 않고 사지가 묶인 채로 생살을 베어 내는 수술의 고통,
그런 고통의 시간을 견디고 있는 동안
너는 아무것도 하지 않았다.

(소영의 일기 중에서)

그녀를 처음 만난 것은 대학교 3학년 봄, 신입생 환영회에서였다. 전날 제출한 리포트 때문에 지도교수님과 얘기를 나누느라 모임에 늦었었다. 남아 있는 자리가 없어 구석 쪽에 끼어 앉았다. 그녀의 옆자리였다. 무심히 앉던 내 무릎이 그녀의 무릎에 닿았다. 그녀는 나를 피해 몸을 움츠려 벽에 붙듯이 앉았다. 마치 벽에서 자라 가지가 한쪽으로만 자란 나무처럼 그녀 몸의 한쪽 편이 일자로 벽에 붙어 있

었다. 신입생을 환영하는 술잔이 오른쪽으로, 왼쪽으로 몇 바퀴 돌았고 술에 익숙하지 못한 신입생들이 일찍 취해 말이 늘면서 술자리가 시끄러워졌다. 말없이 앉아 술을 몇 잔 받아 마시던 그녀는 다시 돌아오는 술잔에 힘들어했다. 나는 그녀 앞에서 정체된 몇 잔의 술을 연거푸 비웠다. 그녀가 나를 바라보았다. 단발머리에, 화장기 없는 얼굴이었다. 평범한 얼굴이었는데, 내 기억 속에 그녀의 눈이 각인되어 오래도록 생각났다. 쌍꺼풀이 없는, 크지도 작지도 않은 눈이었다. 놀라거나 고마워하거나 싫거나 하는 감정이 전혀 담기지 않은, 맑은…… 뭐랄까 증류수 같은 눈빛이었다. 왁자지껄한 소리와 음식 냄새가 진동하는 식당에서 그녀의 눈빛은 청량함으로 다가왔다.

그러나 그녀는 그 눈빛 때문에 동기들과 어울리지 못했다. 그들은 그녀의 눈빛이 기분 나쁘다고 했다. 기껏 말을 걸어도 '누구세요? 왜?'라는 눈빛으로 쳐다본다는 것이었다.

그녀와 사귀게 되고 이유를 묻자 그녀가 말했다.

"나는 사람을 볼 때 눈을 보는 버릇이 있어. 입 말고 눈이 하는 말을 듣게 돼. 그게 기분 나쁜가 봐."

그녀는 눈을 가만히 들여다보면 그 사람이 아니라 그 사람의 눈과 얘기를 나누게 된다고 했다. 눈에는 사람 속에 있는 다른 무엇, 그 사람 속에 숨어 있다 동공이라는 작은 창으로 세상을 내다보는 어떤 존재가 있는 것 같다고 했다.

"자, 소영 님! 오늘은 내 동공 속에 있는 내가 뭐라고 말하나요?"

"치! 몰라."

"말해 봐 응?"

함께 시간을 보내는 동안 우리는 오래도록 말없이 서로의 눈을 바라보았다.

나와 만난 후 소영이의 첫 생일에 그녀는 여행을 가고 싶어 했다. 우리는 강릉행 새벽 기차를 탔다. 한참을 달리던 기차 창으로 바다가 보였다. 바다는 깊고 푸르렀다. 바다보다 옅은 푸른빛을 띤 하늘에는 흰 구름이 끼리끼리 모여 있었다. 바다는 강이나 호수에서 보이는 반영(反影)이 없다. 그것은 너무 깊어 입사되는 빛들이 그 속에서 출구를 찾지 못하고 갇히는 것 같았다.

한 시간째 내 어깨에 기댄 채 잠자고 있던 그녀를 깨웠다.

"아! 바다!"

그녀는 창에 시선을 두고 한동안 움직이지 않는 채 있었다. 빠르게 지나가는 풍경과 그녀의 옆모습은 패닝 숏으로 찍은 사진 같았다.

"무슨 생각해?"

"도시에서는 잘 모르겠는데, 이렇게 바다 너머 수평선을 보니 내가 우주의 일원이구나, 우주 속에 살고 있구나 싶어요."

"그래서? 어떤 느낌이 들어?"

"음…… 편안해. 내가 아무것도 아닌 존재구나 싶어서, 이 우주 속에서 우연히 태어난, 저 들풀과 같은 존재요."

그녀의 말이 무슨 의미인지 알 것 같았다. 그리고 동시에 현실을 살아가는 데 저런 식의 생각은 도움이 되지 않을 거라고도 생각했다.

점심 무렵이 되어서야 경포에 도착했다. 피서 철이 시작되지 않은 해수욕장은 한산했다.

백사장이 길게 한 줄을 이루고 있었고, 그 옆에는 소나무 숲과 아스

팔트 도로가 나란히 배열되어 있었다. 상가들마저도 도로를 따라 한 줄을 이루고 있었다. 그들은 서로의 영역을 침범하지 않고 각자의 선 위에 있었다. 소영이와 나는 4개의 선 중, 두 번째 선을 따라 걸었다. 소나무 숲 바닥에는 모래 위에 멍석을 깔아 길을 내놓았다. 선형의 길은 두 방향의 움직임 — 전진과 후진 — 만을 허락한다. 엉성하게 만들어 놓은 멍석 길조차 우리가 가야 할 방향을 정해 주는 듯했다.

'이 멍석 따위가 뭐라고 내가 이것이 정해 주는 방향으로 가야 한 단 말인가.'

괜한 객기로 모래 위로 벗어나 보기도 했다. 그러나 신발에 들어간 모래를 털어 내며 이내 정해진 선으로 돌아왔다. 그녀는 나보다 앞서 걷고 있었다. 소나무 숲에서는 바람 소리와 파도 소리가 반쯤 섞인 소리가 났다. 나는 그녀가 가는 대로 따라 걸었다.

"가고 싶은 곳이 있는 거야?"

"이곳에 도착하면서 생각이 난 건데, 이 길을 따라가면 무슨 습지가 나온대요. 거기에 수원청개구리가 있다고, 얼마 전 기사에서 봤어요. 아주 작고 눈이 예쁘더라고요. 한번 만나 보고 싶어서."

나는 웃었다.

"왜요?"

"너 지금 '만나 보고 싶어서'라고 했어. 누가 들으면 친척이라도 보러 가는 줄 알겠다."

공원으로 조성된 습지는 도로 가에 인접해 있었다. 습지에는 지난 밤 내린 비로 물이 꽤 많았다. 잔물결 이는 호수 주위로 푸른 갈대가 서걱거리며 바람에 흔들렸다.

"선배 여기요."

한참을 찾아 헤매던 그녀가 나를 불렀다.

"어디?"

"여기요, 풀잎 위에."

"청개구리네? 그런데 왜 수원청개구리야?"

"수원에서 처음 발견되었대요. 우리나라에서 가장 작은 개구리, 사진으로 본 것과 똑같아!"

연둣빛의 작은 몸을 가진 개구리가 풀잎 위에 앉아 도망도 가지 않고 우리를 바라보고 있었다. 신기한 듯 개구리를 들여다보고 있는 그녀와 그녀를 바라보고 있는 작은 청개구리, 둘의 모습이 닮아 보였다.

"눈이 참 까맣고 맑다. 너처럼."

개구리의 여린 몸도 너 같다는 말을 하려다 삼켰다. 그녀는 마음도 몸도 쉽게 부서져 버릴 것같이 여렸다.

"바다 처음 봤어요. 여행 자체가 처음인걸요."

"정말?"

"부모님은 늘 사이가 안 좋으셨고, 바빴어요."

"……."

"어릴 때는 인형과 놀았어요. 눈을 보는 버릇도 그때 생긴 것 같아요. 인형 눈을 보며 말을 하다 보니……. 누군가와 이렇게 제 얘기를 하는 것도 선배가 처음이에요."

"……."

"있죠……."

그녀가 얼굴을 붉히며 기어들어 가는 소리로 말했다.

"선배가 좋아요. 선배만 있으면 다른 것은 의미 없어요."
"그런 게 어디 있어. 동기들하고도 어울리고, 네가 하고 싶은 것들을 찾아야지."

그리고는 농담 삼아 말했다.

"영원한 건 없어. 우리도 변할 거야."

"아뇨. 나는 안 변해요."

그녀의 확신이 어색했다. 내 생각에 적어도 그것은 순간의 확신일 뿐이었다.

나는 몇 번의 연애 경험이 있었지만, 그녀는 나와 하는 모든 것이 첫 경험이었다. 그녀는 손만 잡아도 긴장하여 땀을 흘렸다. 밤을 함께 지내고 싶어 하는 그녀의 바람을 모른 척하며 굳이 서울행 밤차를 탄 것은 그녀를 지켜 주고 싶기도 했지만 내가 그녀에게 처음이라는 것이 조심스럽고 어려웠기 때문이다.

동기들과 어울리지 못하는 그녀는 대부분 시간을 나와 보내고자 했다.

대학교 4학년이던 나는 진로를 고민해야 했고, 과대표, 동아리 대표로 벌린 일이 많았으며 어울리는 사람도 많았다. 바쁘게 몸을 움직이고, 많은 말을 하며 사람들 속에 있다가 그녀를 만나면, 나를 바라보는 맑은 그녀의 눈빛이 편안했다.

그렇지만 나는 모든 시간을 그녀와 보낼 수는 없었고 그래야 한다고 생각하지도 않았다. 시간이 갈수록 그녀는 나에게 집착했다. 그녀의 마음엔 나만 있는 듯했고, 나의 마음이 오로지 자신을 향해 있지 않은 것에 괴로워했다.

"내가 너를 사랑하지 않는 것이 아니야. 하지만 나는 네가 나를 사랑하는 방식으로 너를 사랑하지는 못해. 매 순간 너만을 생각하며 살 수는 없어. 너와 나의 온도가 다르다고 해서 나에게 그걸 맞추라고 강요하지 마."

나의 이런 태도가 그녀에게는 더 이상 너를 사랑하지 않겠다는 말로 생각되었던 듯하다.

그녀는 나의 마음을 확인하고자, 붙잡고자 애를 썼고, 그럴수록 그녀에 대한 나의 온도는 낮아졌고 지쳐 갔다.

손에 아무 힘도 주고 있지 않은 사람의 손을 혼자만 잡고 있는 느낌이다. 내가 놓으면 언제든 놓여 날 손을…….

시간을 달라는 그의 말을 듣는 순간 나는 그게 끝이라는 것을 알았다. 그 말이 나오게 된 과정 자체가 끝나는 과정이었다. 그의 답을 기다리는 것은 의미가 없다.

(소영의 일기 중)

죽은 그녀의 노트에는 나에 대한 원망과 그리움이 가득했다. 그녀가 스스로 목숨을 끊었을 때 노트에 적힌 글로 인해 그녀의 부모님은 장례식장에서 나의 뺨을 갈겼고, 친구들도 그녀의 죽음이 나 때문이라고 했다.

그날 이후 나는 거의 매일 술을 마셨고 같은 꿈을 꾸었다.
그녀가 옥상에서 떨어지던 날, 그녀의 눈과 오버랩되던 개구리의 맑은 눈……. 다만 어느 날은 개구리였다가, 어느 날은 작은 새였다가, 메뚜기였다가 했다. 꿈속에서 그것들은 검고 반짝이는 맑은 눈으로 나를 바라보고 있었다. 꿈이 더 지속되어 내가 그 눈을 오래도록 들여다볼 수 있다면, 그 눈 속에 그녀가 보일지도 모르겠다고 생각했다.

어디서부터가 꿈이었을까?
전화를 건 후부터? 아니면 개구리를 보고 도망친 순간부터?
그녀의 집은 멀어서 뛰어서 다녀올 수 없는 곳이었지만, 그 당시 나는 그런 논리적인 판단을 할 수 없었다. 옥상 꼭대기에 서 있던 그녀, 떨어지던 순간, 눈 뜬 채로 피 흘리며 누워 있던 그녀, 그녀의 눈, 내 몸에서 돋아나던 개구리, 모든 것이 꿈이 아닌 것 같았다.
꿈을 꾸고 난 날은 술을 마시지 않고는 견딜 수 없었다.
몸과 정신을 가누지 못할 만큼 술을 마시고 나면 다음 날 숙취로 인해 머리가 깨질 듯이 아팠고 온종일 토했다. 정신을 차릴 수 없을 정도로 몸이 괴로우면 마음은 잠시 고통에서 벗어났다.

숙취의 고통이 지나가고 몸이 가벼워질 때 순간이나마 상쾌한 공기와 파란 하늘, 길가 잡초의 여린 흔들림 같은 것이 느껴졌다. 몸이 상하도록 술을 마시는 것은 숙취의 고통에서 벗어나듯 그날의 기억에서 벗어나고 싶어서인지도 모른다.

3.

쫓기고 있었다.

맑고 선한 눈을 가진 검은 거미들이 내 뒤를 맹렬히 따르고 있었다. 그들이 나를 쫓는 것인지, 내가 그들의 갈 길 앞에 있는 것인지는 분명치 않았다. 나는 '그날'처럼 전력 질주 했다. 내가 빨리 뛸수록 거미들도 빨라졌다. 나의 근육과 거미들이 연결된 듯이.

거미들의 모습은 흉하지 않았다. 오히려 두려움과 공포에 일그러진 얼굴로 도망치는 내 모습이 더 흉했다. 거미 떼, 그들은 나를 공격할 아무 수단이 없었으나, 수백의 순하고 선한 눈의 집합이, 그들이 한꺼번에 나를 바라보는 것이 나는 두려웠다. 나를 따라잡은 거미들은 나를 타고 넘거나 지나쳤다. 아무리 달려도 거미 떼에서 벗어날 수 없었다. 이윽고 내 몸은 검은 아스팔트 길처럼, 거미의 길이 되어 버렸다. 거미로 뒤덮인 길은 온통 검은색이었고, 거미들의 맑은 눈만이 보였다. 수백의 반짝이는 눈.

"오늘은 더 힘들어 보이시네요."

"네?"

"이번에도 반납 기간을 못 지켰어요. 죄송합니다."

"아닙니다. 다음에는 기간 지켜 주세요."

"아, 이거요."

돌아서려던 그녀는 가방을 뒤적여 무언가를 책상 위에 두고 갔다.

'지금, 여기, 봄. 010-0000-0000 오명숙'

명함이었다. 명함의 배경에 있는 원두커피 그림이 카페인가 보다 짐작하게 할 뿐 정보전달이라는 명함의 본분을 망각한 그런 명함이었다.

명함의 원두커피 그림을 보고 있을 때 그녀가 돌아왔다.

"커피도 팔고, 술도 팔고, 손님이 원하시면 라면도 끓여 드려요. 창가 자리가 좋아요. 비 오는 날 한번 들러 보세요. 요 앞 사거리 뒷골목에 있어요."

저럴 거면, 저렇게 명함이 할 일을 대신해야 한다면 도대체 그 불친절한 명함을 왜 건네주는 걸까? 싶었다.

그녀는 이 주마다 책을 두 권씩 대출했다. 오늘처럼 기간을 지키지 못하는 날이 많았다. 그녀가 언제부터 책을 빌리기 시작했는지는 모르지만 2년 전 내가 이곳에 온 후로는 항상 그랬다. 그녀가 대출하는 책은 맥락이 없었다. 소설, 역사, 시, 에세이, 정치……. 어느 때는 식물도감만 몇 주씩 대출해 갈 때도 있었다.

비가 왔기 때문이었다. '지금, 여기, 봄'을 찾은 것은.

온종일 거미 눈의 잔상이 남아 힘들었다. 십칠 년이 지났지만 아직도 나는 같은 꿈을 꾼다.

퇴근 무렵부터 비가 한두 방울씩 내리기 시작했다. 비를 피하고 싶은 마음이 없었다. 비가 시작될 때 풍기는 비릿한 흙냄새를 맡으며 사거리 뒷골목으로 접어들었다. 명함 속의 가게는 내 집과 같은 방향이었다. 2년 동안 이 근처의 길을 지나다니며 그녀의 가게를 본 적이 없었다. 하긴 그 길에서 딱히 떠오르는 가게 자체가 없었다. 나는 무엇을 보며 길을 걷지 않는다.

어차피 술을 마셔야 잠들 수 있는 날이었다. 퇴근길, 그녀의 가게 앞에 멈춰 섰다.

가게는 단층 건물이었다. 벽에는 연한 핑크빛 페인트가 거칠게 발라져 있었다. 페인트라기보다는 크레파스를 칠한 것 같은 질감이었다.

'지금, 여기, 봄'

간판이라고 할 것도 없이 B4 크기 정도의 작은 나무판에 인두로 지져 새긴 글씨였다.

가게에는 문과 창이 하나씩 있었다. 창은 하늘색 나무틀의 미닫이 창이었다.

길가에 서서 창을 한동안 바라보고 서 있었다. 가게 안에 불이 켜지지 않아 창은 검은빛을 띠고 있었다. 창으로는 가게 안이 보이지 않았다.

'창 안에 있는 사람은 내가 보이겠지. 창은 안쪽에 있는 사람을 위해 만드는 것인가 보다. 안쪽에 있는 사람이 밖을 볼 수 있도록……'

소영이가 말했던 동공 속 사람 이야기는 내 마음에 오래 남아, 창을 볼 때면 어두운 방 안에 홀로 있는 사람이 좁은 창을 통해 세상을 내다 보고 있을지도 모른다는 생각이 들곤 했다.

들어가기로 했다. 어디서 술을 마시건 마찬가지다.

나무로 된 가게 문을 열 때 정적을 깨는 삐걱 소리에 나는 당황했다. 나를 본 그녀가 엷은 미소를 지어 보였다.

"오실 줄 알았어요."

"네?"

"가게 앞으로 다니시는 걸 봤어요. 손님이 없을 때 이렇게 앉아 (한 손으로 턱을 받치고 앉아 창밖을 보는 시늉을 하며) 창밖으로 다니는 사람들을 봐요. 댁이 이쪽 방향이신가 봐요. 게다가 오늘은 비도 오니까. 낮에 도서관에서 뭔가 잊고 싶어 하는 얼굴이었어요. 잊는 데는 술이 좋잖아요. (웃음) 아니에요. 그냥 그런 느낌이 들었을 뿐이에요."

"네."

"폭우 내린다고 해서인지 오늘은 손님이 없네요. 거기 창가에 앉으세요."

나는 그녀가 안내하는 대로 창가 자리에 앉았다. 비바람에 창문이 덜컹거렸다.

잘 닦인 맑은 창에 빗물이 사선의 궤적을 남기며 굴러떨어졌다. 창밖에 있는 가는 대나무 줄기와 빗물의 궤적이 일치하기도, 어긋나기도 했다. 창 아래 화단에는 들풀이 심어져 있었다. 더러는 꽃을 피웠고 더러는 꽃망울이 맺혀 있었다. 빗소리를 들으며 창에 떨어지는 빗물을 보고 있으니, 그녀가 "비 오는 날이 좋아요. 창가 자리."라고 두서없이 했던 말이 이해되었다. 대단할 것 없는 작은 창이 마음을 평안하게 했다.

주문하지 않았는데 그녀가 술과 마른안주를 내왔다.

"같이 마셔도 될까요? 어차피 오늘은 장사는 못할 것 같은 날씨니까."

나는 고개를 끄덕이는 것으로 대답을 대신했다.

그녀의 잔에 술을 따르고, 내 잔에도 술을 따랐다. 그녀는 내가 하는 대로 두고 보았다.

말없이 각자의 술잔을 비웠다. 그녀는 안주 없이 몇 잔을 더 마셨다. 그녀 쪽으로 안주 접시를 밀어 주었다.

"이렇게 연거푸 몇 잔을 마셔야 술기운이 올라요. 술이 좋아서 마시는 것이 아니라, 술기운이 오르게 하려고 술을 마셔요. 현실과 똑같은 기분이라면 술을 마실 필요가 없으니까."

"네."

"줄곧 '네'만 하고 계시네요."

"아, 네."

"(웃음) 어제 문화원에 시 수업을 들으러 갔었어요. 아! 시 수업을 들은 지는 몇 달 됐어요. 저 앞에 작은 언덕 보이시죠? 지금은 푸른 숲이 우거졌지만 봄에 어린 싹이 돋아나고 연한 꽃을 피워 내고 그러다 울긋불긋 정말 예쁜 꽃 숲을 이루었지요. 지금 푸르게 성숙한 모습에서는 그때의 모습을 상상도 할 수 없을 테지만요. 눈으로 보이는 것, 마음에 느껴지는 것을 남겨 놓고 싶어요. 사진도 좋겠지만 사물이나 장면 자체의 모습보다는 그 순간의 느낌과 장면을 동시에 남기기에는 시가 좋을 것 같아서요. 그런데 거기서 누구를 봤는지 아세요?"

"네. 네?"

"그 사람이요. 십 년 전에 헤어진 그 사람. 그 사람이 십 년 후의 모습으로 나타났지만 저는 한눈에 알아보겠더라고요. 강의를 기다리며 로비에 앉아 녹차를 마시고 있었어요. 종이컵은 뜨거웠고 다리 위에는 핸드백과 책과 휴대폰이 놓여 있었죠. 차를 마시려면 두 손으로 종이컵을 잡고, 그것들이 떨어지지 않도록 한껏 무릎을 붙여 균형을 잡아야 했어요. 그때 그가 내 앞으로 지나간 거예요. 반가운 마음에 저도 모르게 일어서 따라갈 뻔했다니까요. 뜨거운 녹차의 거추장스러움이 아니었다면 정말 따라가서 말을 걸었을지도 몰라요. 십 년 전 그에게 질척거리며 매달려 온갖 모진 말을 들었죠. 어제, 뜨거운 녹차가 질척거리려던 저를 말려 주었어요. 녹차가 고마웠어요."

나는 대답 대신 술을 한 잔 털어 넣었다.

그녀도 따라 마셨다.

"있죠, 누군가를 잊는 것은 술이 깨는 것과 비슷한 것 같아요. 술이 깰 때요, 속이 막 뒤집어질 듯 힘들다가 조금 가라앉잖아요. 그러다 다시 술이 오르며 속이 뒤집어지죠. 그렇지만 처음보다 강도는 덜해요. 그러기를 반복하다 술이 깨죠. 어떤 날은 정말 미치도록 생각나고, 찾아가 매달려 볼까도 싶었어요. 그 순간을 견디고 나면 조금 나아지죠. 시간이 지나면 또 그런 마음이 들지만 처음보다는 조금 덜해요. 그런 시간을 보내다 보면 견딜 만해지는 거예요. 그런데, 십 년이 지나도록 안 깨는 술도 있네요."

이번에는 그녀가 자신의 술잔에 술을 따르고 내게도 술을 따라 주었다. 그녀가 하는 대로 두고 보았다.

"저는 그 사람에서 깨어나지 못하는 걸까요? 아니면 그때의 감정,

술기운 같은 그 감정에서 깨어나지 못하는 걸까요?"

"……."

그녀가 죽은 후 한동안 집 밖으로 나가지 못했고 그녀와 나를 아는 누구도 만나지 않았다. 모든 사람이 나를 비난하는 것 같았다. 나를 아는 사람을 만나면 시선 둘 곳을 몰라 안절부절못하다.

처음엔 그녀의 죽음 자체가 두려웠고, 죄책감으로 힘들었다. 그러다 그녀를 잃었다는 것이, 더 이상 그녀를 볼 수 없다는 것이 견딜 수 없었다. 맑은 눈으로 나를 바라보던 그녀가 보고 싶었다.

그런데 다시 돌아간다면 나는 달라질까? 그때로 다시 돌아간다면 그녀가 원하는 대로, 그녀의 방식으로 그녀를 사랑할 수 있을까? 아마도 그럴 수는 없을 것 같았다.

"이런! 그만 마셔야겠어요. 이러다간 술기운에 당신도 붙잡겠는걸요."

"네?"

"지나다 생각이 나면 들르세요. 오늘 술은 제가 산 셈이니 다음번엔 선생님이……."

4.

"가끔 그런 생각을 합니다. 만일 그때 그 아이가 스무 살이 아니고 지금의 내 나이였다면 어땠을까? 대책도 없이 뜨거운 심장을 가진 스무 살이 아니고, 지금의 나처럼 심장이 뜨거워질 만한 에너지가 남아 있지 않은 상태로 나를 만나고 사랑을 했다면 어땠을까? 하구요."

"당신…… 때문이라고 생각해요?"

"아니요. 처음엔 그렇다고 생각했었어요. 아니 주위의 비난에 그렇게 느껴진 거죠. 그렇지만 지금의 나라도, 그때의 그녀가 원하던 방식으로 그녀를 사랑할 수는 없어요. 각자의 방식으로 사랑했을 뿐입니다. 나는 그녀가 나 때문에 죽었다고 생각하지 않아요."

"그런데 왜 아직도, 이십여 년이 지난 지금도 같은 꿈을 꾸며 괴로워해요?"

"……."

"무엇이 가장 견딜 수 없어요?"

"도망친 것. 죽은 그녀에게 다가가지 못하고, 현실이었는지 꿈이었는지는 모르지만."

"당신도 무서웠고 견디기 힘들었을 거예요. 그때, 당신도 어렸어요. 누구라도 그 상황으로부터 도망치고 싶었을 거예요. 당신은 사람들의 비난이 부당하다고 생각하고 부정하지만, 당신을 가장 비난하고 있는 것은 당신 자신인 것 같아요. 죽기 전 그녀가 홀로 느꼈을 고통, 절망 이런 것들은 마음 아프지 않았어요? 저는 당신이 그게 가장 견디기 힘들었다고 할 줄 알았어요."

"……."

"죽기 전 그녀가 느꼈을 고통이 당신을 괴롭게 했겠죠. 왜 안 그렇겠어요. 하지만 당신은 그 괴로움을 알았다고, 그 고통에 나도 괴로웠다고 말하는 것조차 스스로에게 용납이 안 되는 거겠죠. 꿈속에서 늘 도망치는 것은 아직 그녀를 마음에 담고 보내지 못해서 아닐까요?

벗어나지 못했으니 도망치겠죠. 그러면서 도망치는 자신을 또 용서 못 하고. 있는 그대로의 당신의 감정을 인정해요. 분석하며 이해하려 하지 말고."

이 말을 할 때 그녀의 눈빛은 나를 안는 눈빛이었다. 눈빛만으로도 사람을 안을 수 있구나! 느끼게 해 주는 눈빛. 그녀 옆으로 가 기대고 싶은 마음을 누르며 술을 한 잔 마셨다.

새벽에 잠이 깼다.

술도 깰 겸 집 근처의 학교 운동장으로 갔다. 운동장 주위로 심어진 가로수 길을 따라 걸었다. 해 뜨기 전의 하늘은 푸르게 어두웠다. 공기마저도 검푸른 빛을 띠고 있었다.

서늘한 새벽바람이 얼굴에, 팔에, 다리에 느껴졌다. 나는 탑돌이를 하듯, 운동장을 따라 난 원형의 가로수 길을 반복해서 돌았다.

나뭇잎은 바람의 속도보다 느리게 흔들렸고, 별빛도 느리게 점멸하며 유난히 반짝였다.

새벽, 어둠과 빛이 만나는 경계의 시간 속에서 나는 걷고 있었다.

원형의 가로수 길을 돌아 다시 시작점에 이르렀으나 그곳은 조금 전 지나쳤던 곳이 아니었다. 어둠의 농도가 묽어졌으며, 느껴지는 온도가 달랐다. 떠오르기 시작하는 햇빛의 변화로 사물들이 시간에 따라 다르게 보였다. 같은 공간이었으나, 다른 시간의 공간이었다. 원형의 가로수 길은 나선처럼 돌며 나를 다른 시공으로 인도하고 있었다.

새벽바람이 안개를 걷어 내기 시작했다. 안개는 바람에 밀려가며 어둠을 흡수해 가져갔다.

나는 바람과 안개가 사라져 가는 쪽을 보고 있었다.

그때, 나와 함께 바람과 안개를 내다보고 있던 스물세 살의 청년이 조심스럽게 동공 밖으로 나왔다.

그는 내 앞에서 시선을 땅에 처박은 채, 어깨를 움츠리고 걷고 있었다. 가끔 어깨를 들썩이며 무언가 다잡아 보는 추임새가 가여웠다. 몇 바퀴를 도는 동안 그는 여전히 땅만 보며 걷고 있었다. 나는 따라가 가만히 안아 주고 싶었다.

십칠 년 전, 나에게 쏟아지는 모든 비난과 수군거림, 그녀를 잃은 상황을 감당하기 어려웠다. 나로 인해 괴로워했을 여린 그녀가 가엾어 견딜 수가 없었다. 나도 죽어야만 벗어날 수 있을 것 같은 날들이었다.

그러다 나는 생각을 하기 시작했다. 상황을 정리하고 받아들일 수 있도록, 내가 살기 위해, 그녀가 죽게 된 원인을 분석했고 내가 해야 했을 행동들, 내가 그랬다면 그녀를 죽게 하지 않았을 행동들을 생각해 내려 했다. 그런 후에 나에겐 직접적인 책임이 없다고 결론 내리며 그날을 덮었다.

하지만 덮어 두었을 뿐, 그날은 내 속에 그대로 멈춰 있었다. 간조와 만조의 반복에 따라 사라졌다 나타나는 돌섬처럼. 나는 졸업 후 그녀와 함께 다닌 대학에 다시 가 본 일이 없고, 대학 시절과 관계된 사람들을 만나는 자리를 피했다. 나는 스스로를 용서한 것이 아니었다. 나의 무심함이 그녀를 죽게 했고, 그녀가 죽은 이후에는 그 상황에서 도망치는 데 급급했다고 자신을 비난하며 살아왔던 것이다.

그때 나는 더 슬퍼했어야 했다. 슬픔이 흘러가도록 두었어야 했다. 그렇게 성급하게 눈물을 멈추지 말았어야 했다. 억지로 벗어나려 했으므로, 벗어나지 못한 것이다.

그러나 나는 스물세 살이었다. 그녀만큼 나도 어렸고 미숙했다.
내가 그녀의 온도에 맞출 수 없듯이 그녀도 나의 온도에 맞출 수는 없었을 것이다. 그녀와 나는 다를 뿐이었는데……, 나도 그녀에게 나의 방식을 강요한 것이다. 내가 그때 이것을 알았더라면…….

'괜찮아. 괜찮아.'
갑자기 나는 내가 용서되었다. 무어라 표현하기는 힘들지만, 마흔 살의 내가 스물세 살의 나를 용서하고 받아들였다.
'네가 잘못이 없다는 것이 아니고 어쩔 수 없었다는 거야. 너는 그저 네가 할 수 있는 만큼을 한 거야.'
마흔 살이 된 나도 그 시기를 그렇게 견디며 살기는 어려웠을 거라고, 내 앞에서 안쓰럽게 걷고 있는 청년을 위로했다.
마흔 살의 내게 위로를 받으며 스물세 살의 나는 울었다.

5.

우리는 남한강에서 어느 작은 절로 가는 길을 함께 걷고 있었다.
강가의 앙상한 나무들이 이제 막 시작되려는 봄을 맞이하기 위해 물을 머금은 채 잎을 낼 준비를 하고 있었다. 나무들의 봄 준비가 눈에 보이지는 않았지만, 마음을 열고 숨을 깊게 한 번만 들이쉰다면 누구든 느낄 수 있을 것이었다. 이들이 겨울과 마찬가지로 앙상한 모양새지만 겨울과는 다른 기운을 품고 있다는 것을.

이곳까지 오는 차 안에서 그녀는 아무 말도 하지 않았다. 우리는 각자 자신 앞으로 다가왔다 휙 소리를 내며 지나가는 풍경에 시선이 뺏겨 있었다. 달리는 차 안에서는 차 밖의 무엇도 자세히 볼 수가 없었다. 멀리 있는 무언가가 눈에 띄어 자세히 보려고 하면, 어느 순간 쌩 하고 지나가 버렸다. 그것을 자세히 보려면 차에서 내려야 한다. 달리는 차 안과 밖은 속도에 의해 구분되는 다른 세계였다.

그녀가 먼저 입을 열었다.

"가게 창으로 당신이 지나다니는 것을 봤어요. 처음에 당신은 가게 앞을 지나는 행인 4 정도 되었죠. 당신은 늘 혼자였어요. 무채색의 옷을 즐겨 입었고, 시선은 늘 땅을 향해 있었죠. 가끔 걸음을 멈추고 하늘을 보며 큰 숨을 들이켜곤 그걸 뱉어 내지 않고 삼키며 고개를 다시 숙였어요. 당신이 그럴 때면 나도 모르게 '그냥 뱉어 내요'라고 혼잣말을 했어요. 당신은 술에 취해 비틀거리는 날이 많았어요. 비 오는 날, 술에 취한 채 몸을 움츠리고 두 손을 모아 담배에 불을 붙일 때, 전봇대에 등을 기댄 채 담배 연기를 길게 뱉어 낼 때, 다가가 따뜻한 차 한 잔 건네고 싶었어요. 무엇 때문에 저 사람은 숨도 크게 못 쉬다가 술을 마신 후에야 저리 깊은 한숨을 뱉어 낼까 싶었어요."

"……."

"작년 겨울, 당신이 가게 앞 전봇대에 기대앉은 채 잠들어 있었어요. 저는 잠시 쉬어 가려나 보다 하고 가게를 정리했어요. 집에 가려고 나가 보니 당신이 여전히 그 자리에 있었어요. 흔들어 보았지만, 당신은 깨어나지 않았죠. 당신에게 담요를 덮어 주고 잠시 깨어나기를 기다렸어요. 날은 점점 더 추워지고 더 이상 안 되겠다 싶어 당신 어깨를 세차게 흔들었죠. 당신이 눈을 떴어요. 당신 눈은 아픈 물고기의 눈 같았어요. 눈물이 고인 눈으로 당신이 내 눈을 보았죠. 초점 없이 멍한 당신 눈이 슬펐어요. 그 깊은 슬픔이 내게도 전도되어 가슴이 저릿했어요. 그렇게 멍하니 내 눈을 보던 당신이 비틀거리며 일어나 걷기 시작했어요. 계절에 맞지 않는 얇은 옷을 입고 비틀거리며 겨우겨우 앞으로 걷는 당신이 안쓰러웠어요. 나는 당신 뒷모습이 사라질 때까지 그 자리에 쭈그려 앉아 있었죠. 가슴이 저려 한동안 몸을 움직일 수가 없었거든요. 그날 이후 당신은 제게 행인 4에서 '그 사람'이 되었죠. 퇴근길 당신이 보이지 않으면 오늘은 술을 마시나 보다 하며 당신이 지나갈 때까지 기다렸어요. 어느 날은 출근길의 당신 모습이 궁금해 가게 문을 일찍 열기도 했죠."

생각해 보니 책을 대출하러 온 그녀는 마치 나를 아는 사람처럼 반갑게 인사를 하곤 했다.

"그날, 명함을 건네던 날, 어떻게 제가 올 거라 생각했어요?"

"도서관에서 당신 표정이 곧 쓰러질 사람 같았어요. 책을 대출하며 그런 표정의 당신을 많이 봤어요. 그런 표정을 짓는 날 당신은 술에 취한 채 가게 앞을 지나곤 했죠. 당신이 올 줄 알았다기보다는, 당신이 왔으면 했어요. 나도 위로가 필요한 날이었거든요."

"내가 행인 4라고 했죠?"

"(웃음) 네."

"행인 1, 2, 3도 있는 건가요?"

문득 궁금해졌다. 그녀의 행인 1, 2, 3이…….

"물론이죠. 길을 지나는 사람은 언제든 있는 걸요."

"그들이 어떻게 당신의 행인 1, 2, 3이라는 명명을 받게 되는 거죠?"

"매일 오후 가게 앞을 지나가는 여고생이 있어요. 그 아이는 길고양이를 만나면 가방에서 무언가를 부스럭거리며 꺼내 길에 조심스럽게 놓아 주고는 도망치듯 가 버려요. 절대 옆에 가거나 쓰다듬거나 하지는 않아요. '고양이를 좋아하니?' 하고 물었더니 '아뇨. 저는 그저 고양이가 굶어 죽으면 안 될 것 같아서요'라고 하더군요. 그 아이는 항상 무언가를, 작은 벌레라도 밟을까 조심조심 걸어 다녀요. 살면서 상처를 많이 받겠구나 싶었어요. 아 이건 대답이 안 되는 군요. 처음엔 그냥 무심히 가게 앞을 지나는 사람을 보죠. 그러다 여고생처럼 작은 일을 계기로 오랫동안 한 사람을 지켜보다 보면 그 사람에 대해 궁금해지고, 애착이 생기고 행인 1, 2가 되는 거죠. 우연히 그 행인이 가게의 손님으로 온다면 친구가 되기도 하고요."

"나도 당신의 친구가 된 건가요?"

"그런 셈이죠. 친구……. 그런데 왜 묻지 않아요?"

"무엇을……?"

"문화원의 그 남자요."

"물어야 하나요?"

"(웃음) 아니요. 제가 말하고 싶다면 언제든 하면 되니까."

"무례했다면 죄송합니다."

"아니에요. 당신은 나의 행인이고, 나도 당신의 행인이겠죠. 당신이 내가 될 수 없다는 걸 알아요. 행인은 지나가는 사람이니까. 인연이 닿으면 잠시 머무르기도 하고, 지금처럼."

그녀를 만난 이후로 한 번도 그녀에 대해 질문한 적이 없다. 그녀에 대해 알고 싶지 않다. 지금 옆에서 나란히 걷고 있고, 같은 시간 속에 살고 있다는 것만으로도 충분하다. 그녀가 있다는 것 자체가 나에게는 위로가 된다. 그녀에게도 내가 그런 존재인지는 알 수 없다.

크지 않은 절은 적막했다. 찾는 사람이 거의 없어 보였다. 일주문을 통과하며 알게 된 것인데 함께 걷고 있는 그녀와 나 사이의 거리는 딱 일주문의 양 기둥만큼이었다. 기둥을 통과하기 위해 둘 사이의 거리를 조정할 필요가 없었다.

대웅전 불상 앞에서 그녀가 합장하며 고개를 숙였다. 나는 대웅전 계단 아래서 그녀를 기다렸다.

대웅전 옆으로 난 샛길을 따라가니 강가에 작은 정자가 있었다. 우리는 남한강이 보이는 방향으로 자리를 잡고 앉았다. 겨울 끝의 여린 햇살이 강물에 반짝이고 있었다. 강물 위에는 아침 햇살을 받은 금빛 철새들이 윤슬 위를 조용히 떠다녔다. 정자의 천정은 강물에 반사된 햇살로 어른거렸다.

그녀는 고개를 젖히고 정자의 천정을 보고 있었다.

나는 그런 그녀를 말없이 지켜보았다. 둘 사이 떨어져 앉은 거리가 그녀를 잘 볼 수 있게 해 주었다.

그녀의 얼굴선은 단정했고, 긴 속눈썹이 그녀를 사려 깊어 보이게 했다.

그녀는 바람을 느끼려는 듯 눈을 감았다.

눈을 뜨고 고개를 돌리던 그녀와 눈이 마주쳤다.

그녀가 미소 지었다.

그녀의 미소는 온기가 되어 내게 닿았다.

강둑을 걸으며 '이별의 노래'를 흥얼거리던 그녀가 나에게 물었었다. 가을과 같은 이별을 하는 사람에게도 봄과 같은 설레고 따뜻한 시작이 있었을 거라고, 사랑의 시점을 정하고 그 자리에 머물 수 있다면 어느 시점에 머물고 싶으냐고. 그녀는 사랑이 처음 시작될 때, 봄, 그 자리에 머물고 싶다고 했다.

사랑의 시점을 정하고, 그 시점에서 멈추는 것이 가능할까? 어떤 사람들은 그렇게 말할 수도 있을 것이다. 그런 것도 사랑이냐고, 상처받지 않기 위한 비겁한 회피라고 말이다.

그러게 말이다. 그런 것도 사랑일까?

그렇다고 모든 것을 던져 버릴 수 있는 그런 것만이 진정한 사랑인 걸까? 뜨거워지지 않는, 거리를 두었을 때 더 편안한 그런 류의 사랑도 있지 않을까? 사랑은 정의 내리기 힘든 감정이며, 일반화하기는 더욱 어려운 감정일 것이다. 그녀도 사랑의 시점을 정하는 것이 가능하다고 생각하여 그것을 물었다고는 생각하지 않는다. 그녀는 내가 원하는 사랑의 방식, 삶의 방식을 물은 것일 테다.

그녀의 질문에 대답할 수 없었다.

나는 원하는 삶의 방식, 사랑의 방식이 없다.

어떤 대답이건 꼭 해야 한다면 그저 흘러가게 두고 싶다.

모든 것을.

사람도, 사랑도, 삶도 그리고 나도…….

4.
꽃자리

1. 기침

지난봄 아버지가 돌아가셨다.

나는 한 번도 아버지의 건강한 모습을 보지 못했다. 아버지는 늘 기침을 했고 홀로 서 있지 못하고 언제나 무언가를 짚고 있거나 어딘가에 기대어 있었다.

아버지는 뭐랄까, 모든 것이 희미했다. 모든 색깔의 물감에 흰색을 섞어 놓은 것처럼. 말소리는 작아서 귀를 바짝 갖다 대야 들을 수 있었고, 밥도 희미하게 씹고 넘겼으며 웃는 것도 희미해서 웃는 것인지 아닌지 자세히 보아야 했다. 오줌 소리도 희미했다. 아버지에게서 분명한 것은 늘 달고 사는 기침 소리였다. 잔기침으로 시작된 기침 소리는 배 전체를 울려 대듯 커지다가 '흐억' 하고 숨이 넘어가는 소리를 내고서야 끝이 났다.

집 대문을 벗어나는 일이 거의 없이 집에만 있는 아버지였지만 늘 깨끗하게 다림질된 옷을 입고 머리도 가지런히 빗어 단정했다. 엄마는 남의 집 밭일을 마치고 쓰러질 듯 집으로 돌아온 날에도 아버지의 내일 옷을 다림질한 후에야 잠자리에 드셨다.

학교를 마치고 집으로 달려가면 일 나간 엄마 대신 아버지는 마루 벽에 기대어 희미하게 반겨 주셨다.
"아부지 구구단 한번 외워 볼까요?"
"그래라."
국민학교 1학년, 3학년인 둘째와 셋째가 재잘대며 외는 구구단 소리에 아버지는 눈을 감고 희미한 미소를 지었다. 저녁밥을 서둘러 안치고 나까지 합세해 마당이 떠나가라 구구단을 외웠다. 여섯 살 막내는 입 모양을 비슷하게 하여 따라 했다. 구구단을 외다 지루해지면 숨바꼭질을 했다. 그 좁은 집 안 어디에 그렇게 숨을 데가 많았는지, 매일 숨바꼭질을 해도 새로운 숨을 곳이 나타났다.

우리 사 남매가 마당을 휘젓고 뛰어다니는 모습을 보던 아버지는 기침이 시작되면 입을 틀어막고 방으로 서둘러 들어가셨다. 우리는 아버지의 기침이 잦아들기를 바라며 마루에 쪼그려 앉아 기침 소리를 들었다.

돌아가시기 얼마 전부터 아버지는 기침 끝에 가끔 검은 피를 토해 냈다. 우리를 바라보시던 아버지의 희미한 웃음소리는 신음 소리로 변했다. 나는 아버지의 신음 소리를 여전히 희미한 웃음소리라고 믿었다.

아버지가 돌아가시고 나자, 빚은 강둑이 터진 듯 우리 집을 덮쳐왔다. 아버지가 빚쟁이들을 온몸으로 막고 있었던 것이 아닌가 싶을 정도였다.

그들은 아버지가 돌아가시고 얼마 지나지 않았을 때까지는 이웃의 얼굴로 우리 집을 걱정하고, 엄마를 위로했다. 그러나 빚을 갚을 만한 것이 집 안에 남지 않았음을 확인한 후로 빚쟁이의 얼굴로 변해 엄마를 닦달했다. 그들이 집에 오면 엄마는 머리를 조아리며 시간을 구걸했다. 그런 날 저녁 엄마는 홀로 장독대에 기대어 앉아 먼 산을 바라보셨다.

"소쩍 소쩍."

산속 어딘가에서 소쩍새가 울었다. 엄마는 소쩍새의 울음소리를 하염없이 듣고 있었다. 하늘은 석양이 물들어 붉고, 이름 모를 꽃향기가 배인 따스한 봄바람은 소쩍새 울음소리와 함께 얼굴에 닿았다.

빚쟁이 중의 누군가 선금 오만 원의 서울 식모살이 자리를 소개했다. 엄마는 안 된다며 펄쩍 뛰었지만, 나는 알고 있었다. 내가 가야 한다는 것을.

낯선 곳으로 가는 것도 두려웠지만 그보다는 어린 동생들을 볼 수 없게 된다는 슬픔이 더 컸다. 막내는 나를 많이 따랐다. 아침에 학교에 가려고 하면 늘 울먹울먹하며 대문 밖까지 따라 나와 나를 배웅했다.

"누나가 학교 끝나면 막 뛰어올게. 우리 강아지 잘 놀고 있어."

나는 막내가 진정될 때까지 안아 주고 집을 나섰다.

그러나 얼마 지나지 않아 막내는 울며 논두렁을 뛰어 뒤따라오곤 했다.

"누나!"

나는 막내를 달래어 집으로 돌려보냈다. 몇 번인가는 떨어지지 않으려는 막내를 데리고 학교에 갔다. 마음씨 좋은 선생님은 내 옆에 앉아 있는 막내의 머리를 쓰다듬어 주셨다. 두 동생이 학교에 가고, 엄마가 남의 집 일을 가고 나면 막내는 온종일 혼자 어떻게 집에 있나 싶고, 이런 막내를 두고 서울로 갈 생각만으로도 눈물이 흘렀다.

식모살이 가기 전날, 엄마는 쌀밥과 두부가 들어간 배춧국을 끓이셨다. 어디서 구하셨는지 계란부침이 밥상 위에 있었다. 나는 내 몫의 계란부침을 막내의 밥 위에 얹어 주었다. 신이 난 막내의 재잘거림을 들으며 어린 두 동생도 말없이 밥을 먹었다. 동생들이 잠든 후 나는 동생들의 자는 모습을 보며 앉아 있었다.

"어서 자거라. 내일 새벽에 일어나야 하는데."

엄마는 아랫목에 나를 눕게 하셨다. 엄마는 밤새 내 머리를 쓰다듬었다.

"에휴! 이 어린 것을, 에휴!"

엄마 손길은 따뜻했다. 잠을 이룰 수 없을 것 같았지만 엄마의 따뜻한 손길에 나도 모르게 잠이 들었다.

"봉자야, 일어나야지, 봉자야?"

엄마의 작은 목소리에 벌떡 일어났다.

"살살 일어나거라. 갑자기 일어나면 머리 아프다."

집에서 역까지는 걸어서 한 시간여 걸리는 거리였다.

'잘 있어. 언니 갔다 올게.'

잠자는 동생들이 깨지 않도록 조용히 집을 나왔다. 기차가 고장 나서 오지 않았으면, 갑자기 식모가 필요 없다는 연락이 왔으면, 나는 부질없는 기대를 하며 떨어지지 않는 발걸음을 뗐다.

나는 두려웠지만 엄마에게 아무 말도 할 수 없었다. 처음 보는 엄마의 굳은 표정에 어쩐지 아무렇지도 않은 척해야 할 것 같았다. 역까지 가는 동안 엄마는 내 손을 꼭 잡고 있었다. 엄마는 내 손이 시릴까 엄마의 식은 손으로 자꾸만 내 손을 감쌌다.

"가서 너무 힘들다 싶으면 내려오거라. 참지 말고. 응? 꼭 그렇게 하렴."

"응 엄마 걱정 마. 힘들면 바로 내려올게. 나 힘든 것 못 참잖아. 내가 안 내려오면 안 힘든 거니까 아무 걱정 하지 마."

논에는 벼를 베고 남은 밑동 위로 하얗게 서리가 내려 있었다. 아직 어두운 새벽하늘엔 초승달과 샛별이 서로를 보고 웃듯 반짝였고 이른 아침밥을 짓는 굴뚝에선 하얀 연기가 피어올랐다.

2. 홍옥

주인집은 ㅁ 자 모양이었다. ㄷ 자 모양의 한옥이었지만 나머지 한쪽 면을 시멘트 담장과 나무 대문이 채워 ㅁ 자가 완성되었다. ㅁ 자의 집은 사방이 막힌 요새같이 답답했다. 마당은 시멘트로 메워져 있었다. 마당 한쪽엔 빨래를 할 수 있는 수도가 있었고 담 아래 작은 화단엔 봉숭아, 맨드라미, 팬지, 백일홍, 국화가 계절에 따라 번갈아 피고 지었다. 그 집에서 내가 마음을 붙일 수 있는 곳이 그 화단이었다. 그 집에서 일을 시작하고 몇 달 지나 조금 익숙해질 무렵부터 나는 화단 한쪽에 상추와 근대를 몇 포기 사다 심었다. 물을 주고 풀을 뽑을 때 화단에서 나는 흙냄새가 좋았다.
 "애, 이왕에 키우는 거 좀 더 먹을 만할 걸 키워 보렴!"
 어느 날 화단에 쭈그려 앉아 풀을 뽑는 내게 주인아주머니가 케일 같은 처음 듣는 이름의 쌈 채소 모종과 방울토마토 모종을 툭 던져 주었다.
 "아주머니 모종이 너무 많아서 심을 자리가 부족해요."
 "흔해빠진 싸구려 상추는 키워 뭐 하게, 꽃이며 모조리 뽑아내고 이것들을 새로 심어라."
 고향을 그리워하며 애지중지 키우던 것들은 흔해 빠진 싸구려가 되어 먹을 만한 것들의 거름이 되었고 내 그리움의 시간은 주인집 채소를 키우는 노동의 시간이 되었다. 살아 있는 것들을 죽일 수는 없으니 나는 이름도 낯선 쌈 채소들을 정성껏 키웠다.

 다락에 홍옥이 짝으로 있었다. 저녁 밥상을 치우고 나면 사과 서너 개를 다락에서 가져와 주인 내외와 고등학생 딸, 중학생 아들이 앉은 식탁에 냈고, 하나는 건넌방에 있는 주인아저씨의 조카라는 하숙생에게 냈다. 홍옥을 자를 때 나는 그 새콤하고 달콤한 사과 향에 군침이 돌았다. 나도 모르게 입으로 가져가다 입술에 닿기 직전에 정신을 차리기도 했다. 그런데 홍옥에 대한 내 갈망을 건넌방의 그가 눈치챘다.
 "하나 먹으렴."
 "예에? 아니에요."
 "괜찮아. 나는 저녁을 많이 먹어서 생각 없다."

"진짜요?"

"그래."

나는 순수한 호의라고 생각하고, 아니 의도를 의심할 겨를도 없이 새빨간 홍옥의 유혹에 넘어가 버렸다. 한 입 베어 문 홍옥에서 새콤달콤한 과즙이 쏟아져 나왔다. 나는 얼굴을 찡그렸다. 다시 한 입, 이 집에 온 후로 내 입이 가장 호사를 누리는 순간이었다. 다시 한 입, 찡그리던 내 눈과 그의 눈이 마주쳤다.

"아이고 이걸 그냥."

들릴 듯 말 듯 한 소리를 내며 그가 성큼 내 앞에 다가앉았다. 그의 무릎과 내 무릎이 닿았다. 나는 입에 반쯤 문 사과를 미처 베지도 못하고 놀란 눈으로 그를 바라보았다. 그의 두 손이 내 얼굴을 감싸고 그의 얼굴이 내 얼굴을 덮치려고 할 때서야 비로소 상황을 파악했다. 나는 그를 밀쳐 내려 했지만, 두려움이 내 팔의 힘을 모두 삼켜 버렸다. 그가 내 양팔을 잡았다.

"살, 려, 주, 세, 요."

나는 벌벌 떨며 겨우 말했다.

"네가 너무 예뻐서 그래."

그가 내 팔을 당겨 나를 안았다. 무슨 일이 일어나려는 건지 몰랐지만 나는 너무 두려웠다. 벗어나야 한다는 생각만 했다. 나는 온 힘을 다해 소리를 질렀다.

"살려 주세요!"

내 소리에 놀란 그가 잠시 주춤하는 사이 나는 방문을 열고 정신없이 뛰쳐나왔다. 후식을 즐기고 있던 주인아주머니도 내 소리에 놀라 마루로 나왔다.

"무슨 일이니?"

"……."

"얘야 무슨 일이냐고?"

말은 입안에서 맴돌 뿐 입 밖으로 뱉어지지 못했다.

"죄송해요……."

나는 벌벌 떨면서 기어들어 가는 소리로 겨우 대답했다.

"원 참 동네 시끄럽게 소리는 지르고 난리야."

주인아주머니는 쯧쯧 혀를 차며 방으로 들어갔다. 나는 내 작은 방으로 와 밤새 무서워 떨었다.

집으로 내려갈 수는 없었다. 벌써 오만 원이 빚쟁이들에게 건너가 버렸고, 아직 삼 년이 지나지 않았으니까.

'어떻게 하지?'

이 말을 밤새 수천 번이고 되뇌었다. 방법은 없었다. 남은 달수를 채우는 수밖에. 다음 날 아침, 나는 다시 밥을 짓고 청소를 했다. 아무도 지난 밤 소동에 대해 묻지 않았다. 관심조차 없었다. 스스로 지키는 수밖에 없었다. 최대한 그와 둘이 있는 시간을 피해야 했다. 그가 머무는 건넌방은 그가 없는 틈을 타 청소를 했고, 그의 식사는 문밖에서 밀어 넣어 주었다. 그가 있을 때 그의 방에 들어갈 일이 있으면 빛의 속도로 들어갔다 나왔다. 그와 단둘이 집에 있어야 할 때는, 집에 들어가지 않고 밖으로 돌았다. 그런 날은 외출에서 돌아온 주인아주머니에게 일하기 싫어서 밖으로 돈다고 한 소리를 들었지만 어쩔수 없었다. 부엌 옆에 창고 겸 해서 쓰는 내 방엔 잠금장치가 없었다.

나는 문에 기대앉아 잠을 잤다. 누군가 문을 밀고 들어오면 언제라도 깰 수 있도록. 다행인지 그날의 소동이 있은 후 소심하고 겁 많은 그는 더 이상 나를 괴롭히지 않았다.

그렇게 삼 년을 채우고 단골 채소가게 아주머니가 소개해 주는 곳으로 옮겼고 그 후 두세 집 더 옮겨 다녔다. 처음 집에서 겪은 일보다 더한 일을 겪기도 했고, 더러 좋은 사람들을 만나기도 했다. 녹록지 않은 타향살이를 하며 나는 점점 얼뜨기 시골 처녀 행색을 벗고 적당히 약아졌다.

서울살이에 지치고, 집을 덮쳤던 검은 구름 같은 빚이 걷혀 갈 때쯤 중매로 남편을 만났다.

3. 사소한 거짓말

딸은 9급 공무원이었고 사위는 시설직 계약 공무원이었다. 그의 첫인상은 뭐랄까 묘했다. 나이답지 않게 머리를 뒤로 빗어 넘겼으며 명품 시계를 차고 옷을 잘 차려입었다. 그는 나이가 어려 보이면 사람들이 무시하기 때문에 일부러 나이 들어 보이게 머리를 뒤로 넘긴다고 했다. 딸에게 그를 소개해 준 사람도 그가 스스로를 공무원이라고 한 말을 믿고 딸에게 그를 소개했다. 그는 딸에게도 자신이 정규직 공무원인 것처럼 말했다. 둘의 사이가 깊어졌을 때 딸이 사실을 알게 되어 물으니,

"당신은 그런 게 중요한 사람이었어? 언젠간 말하려고 했는데, 네

가 먼저 알아 버린 거야. 생각해 봐. 그냥 선후가 바뀐 것뿐이야. 서로 사랑하는데 이런 사소한 일이 뭐가 중요하지? 만일 나라면 네가 계약직이라고 해도 괜찮다고 했을 텐데."

당시 결혼 얘기까지 오가는 중이었고 딸은 그 일을 문제 삼기에는 늦었다고 생각했다고 한다. 그는 장인 장모님이 아시면 걱정만 하실 테니 두 분을 위해 얘기하지 않는 것이 좋겠다고 딸을 설득했다. 나중에 우리가 이 사실을 알고 얘기하자, 사위는 정규직이나 다름없다고 했다. 그러고는 딸에게 "계약직이라는 사실이 뭐가 중요하냐고, 장인 장모님 그렇게 안 봤는데 편견이 심하시네."라고 했다고 한다. 우리는 사위의 거짓말에 대해 말했던 것인데 사위는 계약직과 정규직에 대한 사회의 편견, 차별을 얘기했다.

결혼 전 당차고, 자신감 넘치던 딸은 결혼 후 시나브로 시들기 시작했다. 큰손녀가 열다섯이 되었을 땐가 딸에게 전화가 왔다.

"엄마, 그 사람은 말과 행동이 달라. 그런데 그 다름 사이를 연결하는 다리를, 이유를 잘 설명해, 아니 잘 만들어 내. 그건 미세해서 매번 신경을 곤두세우지 않으면 무엇이 잘못되었는지 파악할 수 없어. 어떤 때는 내가 잘못한 것이 없는데도, 사과를 해. 마음속에선 무언가 억울한데, 시간이 갈수록 뭐가 옳은 건지 모르겠어. 사는 동안 그 사람은 나에게 하고 싶은 말을 하고 화도 내는데, 나는 그 사람에게 화를 내거나 하고 싶은 말을 점점 하지 못하게 됐어. 내가 하고 싶은 말을 해서 그 사람이 화가 나면 더 큰 괴롭힘이 돌아와. 그러니 그 사람에게 하고 싶은 말을 하려면 그런 상황을 감당할 결심을, 이혼까지 할 결심을 하고 해야 해."

딸은 결혼 후 10년 넘게 차를 사지 않았다. 사위는 집에 차가 두 대면 돈을 모을 수 없다, 출퇴근은 자신과 함께 하면 된다고 했다. 퇴근 시간에 사위는 매번 "거의 도착했다, 5분이면 도착한다."라고 했고 딸은 그 말을 믿고 영하의 추위 속에, 혹은 한여름 뙤약볕 아래서 30분 넘게 서서 기다리곤 했다. 사위는 자주 시간을 지키지 않았다. 도착 시간을 정확히 알려 달라는 딸에게

"당신 기다리게 하는 게 미안해서 그랬지. 조금 늦을 수도 있지 뭘 그런 걸 가지고."

라고 했다.

사위가 불륜 중이라는 걸 딸이 알게 되었을 때,

"미안하다고 사과도 했잖아. 이렇게 된 것이 나만의 책임이겠어? 가정을 지키려면 서로의 잘못을 되돌아봐야지. 계속 이렇게 마음을 안 풀면 이혼하는 수밖에 없어. 아이가 다 망가질 텐데 이혼을 원해? 그래도 원한다면 어쩔 수 없지."

라고 했다고 한다.

"엄마, 그 사람은 나와 자신에 대한 잣대가 달라. 자신은 모임에서 새벽이 되도록 술을 마시고 와도 괜찮고 내가 회식을 하고 집에 늦게 들어가면 정신을 딴 데 팔고 아이도 안 챙기는 여자가 돼. 그런데 엄마, 내가 견딜 수 없는 건 그 사람이 불륜한 것도 아니고, 새벽에 들어오는 것도 아니야. 내가 견딜 수 없는 건 그 사람에게 이건 당신이 틀렸다라고 말하지 못하는 나 자신이야."

"그 사람이 나더러 이기적이래. 아이 생각은 안 하냐고, 화가 나서 이혼 소리 좀 한 게 무슨 잘못이냐고. 만일 이혼해서 아이가 잘못되

면 너의 책임임을 분명히 기억하래."

"지수가 이혼 안 하면 안 되냐고 해. 엄마만 참으면 되지 않냐고."

"지수에게 그러겠다고 했어. 퇴근하고 저녁밥 차려 놓고 동네 작은 공원을 걸어요. 한참을 걷다 보면 밤이 돼요. 이렇게 하루하루 살면 될 것 같아."

처음 딸의 전화를 받았을 때 이혼을 말렸다. 이혼이라니, 다들 그러고 산다, 아이는 어쩌고. 그러다 손녀의 그 말 "엄마만 참으면"이라는 그 말에 나는 정신이 번쩍 들었다. 사위도 내게 그랬다. 지수 엄마만 참으면. 나도, 남편도 딸에게 그랬다.

"네가 조금만 참다 보면."

그런데 어느 누가 다른 누군가에게 당신만 참으면, 당신만 괴로우면 우리는 모두 평안하니 견뎌 보라고 말할 수 있던가. 그건, 무언가 잘못된다면 더 견디고 참지 못한 너의 책임이라는 말이기도 했다. 집에 들어가지 못하고 밖으로 돌며 견디고 있는 딸이 가여웠다. 이대로 두면 딸은 마음도 몸도 무너져 사라져 버릴 것만 같았다.

어머니는 종일 남의 집 일을 하고 난 후에도 밤엔 아버지의 흰 저고리에 풀을 먹이고 다림질을 했다. 어머니는 굶어도 아버지의 밥상은 늘 정갈하게 차려 냈다. 어머니는 해진 옷을 입고, 밭일을 하느라 손발이 트고, 찬밥을 물에 말아 먹어도, 이상하지 않았다. 아버지가 그랬다면, 그런 장면은 상상조차 할 수 없다. 만일 그런 상황이 된다면, 내가 어머니를 대신해 그 일들을 했을 것이다. 누구도 나에게 강요하지 않았지만 나는 내가 희생하는 것이 당연하다고 생각했다. 살면서 내 행복, 내 삶, 내가 하고 싶은 것에 대해 생각해 보지 않았다.

엄마가 저렇게 힘든데, 동생들 학교도 보내야 하는데 내가 그런 것을 생각하는 것은 이기적인 것이라고 생각했다. 나는 그렇게 산 내 삶이 행복하다고 생각하지 않는다. 그런데 지금 딸에게 나처럼 살라는 말하고 있다.

　그 시절 어머니가 그렇게 살지 않으셨다면 우리는 굶어 죽거나 거렁뱅이가 되어 구걸하고 다녀야 했을 것이다. 내가 식모살이가 아닌 다른 삶을 선택했다면 동생들이 굶어 죽거나 거렁뱅이가 될 일은 없었지만 내 동생들은 학교를 마칠 수 없었을 것이다. 내가 하지 않았다면 시어머니 병수발은 누가 들었을 것이며 시동생들 밥이며 빨래는 누가 했을 것인가? 만일 내 딸이 이혼을 결심하면, 손녀가 학교를 다니지 못하게 되지는 않겠지만, 사위는 원하지 않는 이혼을 하게 되고, 손녀는 부모가 모두 있는 화목한 가정을 갖지 못하게 된다. 한 사람만 희생하면 다른 가족들은 평안할 수 있는 것이다.

　그런데 그 한 사람은 누가 되어야 하는 것인가? 누가 그 한 사람을 정하는 것인가?

　"당신이 현정이한테 다시 한번 말해 보구려. 지수도 그렇고, 박 서방도 저렇게 말려 달라고 하는데, 지가 한번 참고 넘어가야지. 그러면 다 편한 것을."

　저녁상을 물리고, 텔레비전을 보던 남편이 설거지를 하는 내게 말했다.

　"뭘 참아요, 누가 편해요? 우리 현정이가 크면서 언제 한번 우리 속 썩인 적이 있습디까? 어린 것이 열이 펄펄 끓어도 우리 속상할까 봐 아프다는 내색도 안 했어요. 내가 어머니 대변 받아 내느라 힘들어하고 있으면 어린 게 그거 거들던 애예요. 집안 형편 어렵다고 좋은 사립대 붙은 것도 안 가고 장학금 받겠다고 지방 국립대 간 애예요. 나는 알아요. 우리 현정이가 힘들다면 정말 힘들어서 말하는 거예요. 우리 현정이 없어도 박 서방도, 지수도 다 살아요. 왜 못 살아요? 박 서방, 지수 불편하지 않으라고 우리 현정이는 하루하루 견디며 살아요? 원 이 좋은 세상에."

4. 합창

매주 월요일과 수요일 나는 화장을 곱게 하고 정성껏 다린 옷을 차려입고 외출을 한다. 나이 일흔다섯에 대학생이 되었다. 노인대학 대학생. '이 나이에 무슨'이라고 사양하는 나를 현정이가 반 끌고 가다시피 하여 등록했다. 노인대학에서 시니어 합창단에도 들었다.

배움이 짧은 나는 무엇이든 배우는 것이 좋다. 나는 알지 못하는 세상 이치들, 내가 생각은 하지만, 표현할 방법을 몰라 희미했던 것들이 선생님들의 말로 분명해질 때는 내 마음에 한 줄기 빛이 들어오는 듯 벅차다. 합창단에서 배운 악보가 파일철에 하나씩 늘어날 때마다 그렇게 좋을 수가 없다. 현정이와 지수가 집에 놀러 오면 파일철을 꺼내와 자랑을 한다.

"지수야 이거 할머니가 다 배운 거야."

그러면 지수는 파일철을 한참을 이리저리 넘기며 장단을 맞춘다.

"우와 우리 할머니 진짜 대단하다. 이 노래를 다 외우시는 거예요?"

"그럼! 할머니 몇 달 전부터 일기도 쓰기 시작했어."
"와 대박! 할머니 멋있다!"
"우리 엄마 진짜 멋지다. 나도 엄마처럼 살아야지."
"무슨 소리냐. 너랑 지수는 더 행복하게 살아야지."

지역 축제에서 우리 합창단이 공연을 하게 되었다. 나는 밥을 지으면서도, 방을 닦으면서도, 김을 매면서도 노래를 불렀다. 시험을 앞둔 학생처럼 열심히 연습했다. 노래 선생님 말로는 관객이 천 명은 될 거라고 했다. 무뚝뚝한 남편은 내게 출세했다고 놀려 댔지만, 노인정에 가서도 자꾸 내 얘기를 하는 걸 보면 나를 자랑스러워하는 것 같았다. 내 평생 열 명 앞에서도 말을 해 본 적이 없는데 그렇게 많은 사람 앞에서 공연을 하게 되었으니 출세한 것이 맞기도 하다. 떨렸고 잘하고 싶었다.

공연 날, 모두 긴장한 표정이 역력했다. 말 많고 싱거운 소리를 해 대던 미자 엄마조차 땀을 흘리며 말이 없는 것을 보면.

"우리 어머니들 너무 긴장하신다. 연습하신 대로 하시면 돼요. 다 아들, 딸, 손주, 손녀에요. 방긋방긋 웃으면서 행복하게 노래해요."

얼음처럼 굳어져 청심환을 먹고 있는 우리들에게 노래 선생님이 말했다.

드디어 우리 차례가 되었다. 의상은 꽃분홍색 블라우스에 흰색 기지 바지였다. 이 의상을 고르기 위해 얼마나 의견이 분분했었던지. 한복으로 하자는 사람, 한복은 평소에는 못 입으니 평소에도 입을 수 있는 외출복 같은 걸로 하자는 사람, 치마로 하자, 바지로 하자, 노래 선생님이 권한 꽃분홍색은 너무 화려하다는 등. 그때 얼마 전 영감님을 먼저 보내고 본인도 시한부 암 선고를 받은 이 여사가 말했다.

"가장 곱고 화려한 것으로 했으면 좋겠어요. 이 분홍색 블라우스와 하얀 바지 꼭 금낭화 같아요."

그리하여 우리는 꽃분홍색 블라우스에 흰색 기지 바지를 입고 차례로 무대에 올랐다. 광장을 가득 채운 사람들이 크게 박수를 쳤다. 노래 선생님의 눈짓에 우리는 서로 손을 잡았다. 내 옆에 선 이 여사가 내 손을 꼭 잡고 나를 보며 웃었다. 이 여사는 오늘 정말 금낭화처럼 고왔다. 나도 웃었다.

노래 선생님의 신중한 손짓이 시작되었다. 그와 동시에 우리는 노래를 시작했다. 시끄럽던 광장이 일순 조용해졌다. 우리의 노래는 광장을 가득 메운 사람들 사이로 노인의 느린 걸음처럼 천천히 퍼져 나갔다. 우리의 노래는 같은 표면을 가졌지만, 저마다의 노래는 다른 종단면을 가지고 있었다. 합창은 설렘 한 켜, 그리움 한 켜, 잃어버린 꿈 한 켜, 추억 한 켜, 인내 한 켜, 아쉬움 한 켜, 소망 한 켜……. 각자의 인생이 켜켜이 쌓인 합창이었다.

어느덧 긴장은 사라지고 나의 몸은 노랫가락을 타고 가을 하늘을 날고 있었다. 나의 몸은 솜털처럼 가벼웠다. 흰 구름이 뭉게뭉게 피어난 푸른 가을 하늘 아래에, 알록달록한 옷을 입은 축제에 들뜬 사람들의 웃음이 가득했다. 가을바람에 코스모스가 하늘거리고 있었고, 내 몸도 코스모스처럼 하늘거렸다.

5. 마산(馬山)

1.

"모든 역사는 현대사다."

김인섭 교수는 크로체의 말을 인용하며 강의를 마쳤다.

무엇을, 왜 하는지에 대한 자각은 없었다. 지난 12년간 학교는 밥을 먹고 잠을 자듯 눈뜨면 가야 하는 곳이었고, 입원할 정도로 아프지 않는 한 빠져서는 안 되는 곳이었다. 학교는 생활의 일부였고 성장의 단계처럼 당연했다. 그랬던 그녀가 대학생이 되어 처음 수강한 '역사학개론'은 신선했다. 수업을 마친 후에도 수업 내용에 빠져 다음 강의에 늦기 일쑤였다. 그랬기에 한 학기의 강의가 끝난 오늘도 뒤죽박죽 떠오르는 생각 속을 헤매며 교정을 걷고 있었다.

헤로도토스의 《역사》, 투키디데스의 《펠로폰네소스 전쟁사》는 2,500년 전의 글이라기에는 현실에 대한 인식, 역사가로서 사실을 기록해야 한다는 책임감, 자료 수집 과정, 고뇌 등이 현대와 너무나 동일하며 또한 그것을 뛰어넘는 것이어서 놀랐다.

전쟁의 장면을 눈앞에서 보는 것처럼 흥미롭게 기록한 이야기꾼 헤로도토스에 비해 근엄한 사실주의자인 투키디데스, 그녀는 강의를 듣는 동안 투키디데스에게 존경을 넘어 이성적 감정을 느끼기도 했다. 이를테면 투키디데스의 이런 글을 읽을 때 말이다.

"내가 기록한 역사에는 설화가 없어서 듣기에는 재미가 없을 것이다. 그러나 과거사에 관해 그리고 인간의 본성에 따라 언젠가는 비슷한 형태로 반복될 미래사에 관해 명확한 진실을 알고 싶어 하는 사람은 내 역사 기술을 유용하게 여길 것이며 나는 그것으로 만족한다."

사마천은, 궁형이라는 불명예 속에서 죽음 대신《사기》집필을 선택했다. 사마천의 고통과 고독은 그가 쓴 편지(〈보임안서〉)를 통해 이천 년이 지난 지금도 고스란히 전해졌다. 그녀는 〈보임안서〉를 읽으며 눈물을 흘렸다.

'그에게는 죽음이 편한 길이었을 거야. 무엇이 그로 하여금 그 모든 것을 견디게 만들었을까?'

그녀는 어린 생각에 막연히 기원전의 사람들은 지적인 면에서 현재보다 떨어졌을 것이라고 생각했다. 그러나 생각해 보면 45억 년 지구의 역사에서 7만 년 전 출현한 인간의 역사가 극히 일부분이듯, 인류의 역사 7만 년에서 이천 년은 그리 긴 시간이 아니다. 그러니 이천 년 전이나 지금이나 인간의 지적 능력에 큰 변화가 없는 것은 어찌 보면 당연하다.

'긴 인간의 역사, 그 속에서 찰나의 시간을 사는 내 삶은, 내 고민들은 어떤 가치가 있을까? 내 삶은 공중에서 사라져 버리는 불씨와 같을지도.'

6월의 햇볕은 따가웠지만 그녀는 느끼지 못한 채 그늘 없는 운동장을 가로질러 걸었다.

'우리 고장의 역사라……'

두서없는 그녀의 생각은 여름 방학 과제에 대한 생각에 이르렀다. 김인섭 교수는 스스로가 역사가가 되어 각자 자신의 고향에 대한 역사를 쓰고 다음 학기 이 과제물을 토대로 '역사가의 역사' 강좌를 진행하겠다고 했다. 이 과제에 대해 들었을 때 그녀는 그 이야기를 써야겠다고 생각했다. 오래전부터 어느 순간이 되면 자신과 자신의 집안, 그리고 마을의 바닥 어디에든 깔려 있는 그 어둡고 무거운 공기와도 같은 그것을 직면해야 한다고 느껴 왔다.

'내가 할 수 있을까? 마을의 어둡고 무거운 공기 중에 사실이 있을까? 아니 사실을 내가 알아볼 수 있을까?'

김인섭 교수는 '있었던 그대로'의 역사는 생명력이 없는 역사이며 있는 그대로의 기록은 불가능하다고 했다. 그녀는 동의할 수 없었다. 그녀는 사실의 나열이 무의미하다고 생각하지 않았다. 나열된 사실들은 그 자체로 생명력이 있을 것이고 또한 그것을 읽는 사람들 속에서 어떤 의미로든 살아날 것이라는 생각이 들었기 때문이다. 물론 나열된 사실이 사실이라는 전제하에.

'사실이라고 판단할 수 있는 자료들을 모으자. 크로체의 말대로라면 나의 현재의 어떤 관점이 과제에 포함될 수밖에 없겠지만, 나는 아직 그럴 만한 가치관이 형성된 것 같지 않다. 사실을 모으고, 그대로 기록하자. 그것만…….'

"인희야!"

지현의 부름은 그녀를 생각의 구덩이에서 느닷없이 끄집어내 6월의 뜨거운 햇살 속에 멈춰 세웠다. 그녀는 잠시 다른 차원에 다녀온 사람처럼, 여기가 어디인지를 모르겠다는 듯 주위를 둘러보며 어리둥절한 표정을 지었다.

"무슨 생각을 하는데, 몇 번을 불러도 못 듣니? 수상해?"

"응? 뭐가?"

"너 어젯밤 성훈 선배가 불러서 나간 거 아니었어? 고백이라도 받은 거야?"

"아니야. 별거 아니었어."

"선배가 너 좋아하는 건 너만 모르고 온 세상이 다 알아. 아마 우리 학교 들고양이들도 알걸?"

"무슨 그런, 과제 생각하고 있었어."

"과제? 무슨 과제? 설마 너 역사학개론 말하는 거야? 우리 인희 또 진지 모드 나오신다. 대학 와서 첫 방학인데 누가 과제를 하니? 더구나 학점이랑 상관도 없는데. 대충 지역 박물관에 가서 자료 조사 몇 가지 해서 형식만 갖추겠지. 다들 그렇지 않을까?"

"그럴까? 그런데 너 자전거 여행은 언제 출발해?"

"집에 며칠 들렀다가 다음 주에 출발할 거야. 아! 대학 오면 제일 하고 싶었던 두 가지 중 하나야!"

"축하해 벌써 한 가지 꿈을 이뤘구나. 그런데 다른 하나는 뭐야?"

"송골매 콘서트 가는 거! 우리 창모 오빠 보러."

"그래! 두 번째 꿈도 이루길 바래!"

"넌?"

"아무 계획 없어. 일단 집에 내려가 보고."

"천하의 과톱 최인희가 계획이 없다니, 좀 사람 같아 보이는걸. 아 인희야 저기! 왕자님이 백마를 대령하셨네. 방학 잘 보내라. 연락할게."

지현이 가리킨 곳에는 성훈이 흰색 세단에 한 손을 얹고 서 있었다. 어젯밤 성훈은 그녀에게 함께 고향에 내려가자고 했다. 그녀는 거절의 뜻을 분명히 했었다. 그는 늘 이런 식이었다. 그녀의 말을 듣지 않는다. 자신이 생각하는 대로 듣고 말한다. 그는 대화할 줄 모른다. 그와 대화를 하면 그녀의 말도 그의 말도 모두 독백일 뿐이다.

2.

불과 몇 달을 비웠을 뿐이었는데 집은 떠날 때보다 더 허물어져 있었다. 고택 돌담의 회분과 지붕의 기와는 풍화되어 손을 대기만 해도 바스러졌고 서까래는 온갖 버섯들의 배지로써 기꺼이 자신의 몸을 내주었다. 집은 식물들에 점령되어 있었다. 오랫동안 이 집에서 함께 살아온 풀들은 한곳에 섞여 자라지 않고 집 안 곳곳을 사이좋게 나누어 차지하고 있었다. 마당에서는 강아지풀이, 장독대에서는 바랭이가, 담벼락 아래에서는 수크령이, 화단에서는 달개비가 생장하기에 충분한 6월의 비와 햇살 속에서 아무도 자신들이 이 집의 주인임을 부인할 수 없도록 무섭게 자라고 있었다. 행랑채와 광으로 쓰던 반빗간은 지붕이 땅에 닿을 듯 허물어지고 풀로 뒤덮여 형체를 알아볼 수 없었고 그녀의 할아버지와 어머니가 기거하는 안채와 사랑채만이 이 집에 아직 사람이 살고 있다는 것을 알게 해 주었다. 할아버지에게 인사를 드리기 위해 사랑채로 향하던 그녀는 누마루 앞에서 발걸음을 주저했다. 이곳이었다. 그날, 아버지의 마지막을 본 것이. 스무 살이 된 지금도 누마루는 그녀에게 두려움의 공간이어서 감히 올려다보지 못한다. 그녀는 두세 걸음 거리를 둔 채 누마루를 지나 사랑방에 들었다. 방을 가득 채운 습하고 어두운 냄새가 곰팡이 포자가 터지듯 훅하고 덮쳐 왔다.

"할아버지 저 왔어요!"

마른기침을 하며 손녀의 손을 잡은 노인의 손은 거칠고 가늘었다. 구십 세를 바라보는 할아버지는 몸이 금방이라도 쓰러질 듯 노쇠했고 눈빛은 탁해져서 상한 달걀처럼 흰자와 검은자의 경계가 불분명했다.

"왔구나, 왔구나, 어디 갔었누?"

"학교요! 방학했어요. 이제 할아버지랑 같이 있을게요!"

"그래, 그래. 내 새끼!"

"아이구 우리 할아버지, 그새 더 이뻐졌네."

그녀는 어린아이를 대하듯 할아버지 얼굴을 어루만지고, 머리를 쓰다듬었다. 모두가 욕을 했고 마땅한 욕이라고 생각하지만 그녀에게는 할아버지였다.

"할아버지! 저 씻고 다시 올게요!"

편한 옷으로 갈아입은 그녀는 부엌으로 갔다. 너른 부엌은 재래식이었고 어두웠다. 요즘 다들 있다는 가스레인지도 없이 아직도 석유곤로를 쓰고, 무쇠솥에 군불을 때서 밥을 짓는 구조였다.

부엌에는 남편도 없이 종갓집에서 홀로 시들어 가고 있는 어머니가 계셨다. 그녀는 연기가 매캐한 부엌에서 어머니와 저녁을 지었다.

그녀와 어머니의 이마에 땀이 송골송골 맺혔다. 어머니를 생각하면 늘 아프다. 지금에야 힘없는 사랑방 노인이지만 젊은 시절 서슬 퍼렇던 할아버지는 농사짓는 가난한 외가댁을 탐탁지 않아 했다. 그녀의 어머니는 시부모 눈치에 늘 가시방석이어서 앉을 때도 한쪽 무릎을 세워 쪼그려 앉았고, 걸을 땐 구부정하게 몸을 움츠려 땅을 보며 걸었으며 친정 나들이 한번 제대로 해 본 적이 없었다. 외할머니가 돌아가시고서야 결혼 후 처음으로 며칠을 친정에서 머무르게 된 그녀의 어머니는 "엄마! 엄마!"를 목 놓아 부르며 울었다. 그때 그녀는 얼굴도 모르는 외할머니의 죽음보다, 자신의 엄마도 엄마가 있다는 사실을 새삼 깨닫고 누군가의 딸로서의 엄마를 바라보며 그 딸이 흘리는 눈물이, 인생이 서글프고 슬퍼서 함께 울었다.

이른 저녁 식사를 마친 할아버지는 소쩍새 울음소리를 자장가 삼아 잠이 드셨다. 그녀는 할아버지 옆에서 사군자가 그려진 누런 기름종이로 만든 낡은 부채로 노인의 늙은 혈관을 노리는 모기를 쫓으며 중얼거렸다.

"할아버지 그거 기억나? 나 어렸을 때, 동네 오빠들이랑 칡 캐러 갔다가 해골 봤다고 했을 때, 할아버지가 놀라서 나를 막 나무랐잖아요. 다시는 산에 가지 말라고. 그날이지? 아버지와 할아버지가 밤새 다툰 날이. 나 다 기억해요. 다음 날 새벽 변소에 가다가 아버지를 봤어. 그때 나는 너무 어려서 누마루가 산처럼 높게 보였는데 그런 누마루를 올려다보니 난간에 젖혀진 아버지 얼굴이 보였어. 몸은 없는 사람처럼 얼굴만. 아버지의 얼굴은 파랬고 일그러져 있었어. 나는 너무 무서워서 막 뛰어가 방 안에 숨었어. 그랬는데 사람들이 아버지가 죽었다는 거야. 그날 이후로 밤마다 아버지의 얼굴과 하얀 해골이 누마루 난간에 나란히 매달려 나를 내려다보고 있는 꿈을 꿔요. 하루도 편하게 자 본 적이 없어. 그날 이후 해골을 봤던 그곳에 한 번도 가 본 적이 없었는데, 이제 한번 가 보려고요. 가 봐야 할 것 같아. 알고 싶어요. 우리 마을에, 우리 집에 무슨 일이 있었던 건지."

갑자기 잠든 줄 알았던 할아버지가 눈을 번쩍 뜨고 부채질하는 그녀의 손을 움켜잡았다. 쇠약한 노구 어디서 그런 힘이 나는지, 그녀는 팔을 빼지 못하고 한동안 그녀를 노려보는 할아버지를 바라만 보았다. 할아버지의 눈빛이 애원하는 눈빛으로 변했을 때야 그녀는 팔을 빼낼 수 있었다. 손목에 앙상한 손자국이 벌겋게 남았다. 그녀는 할아버지를 내려다보며 말했다.

"할아버지, 알고 싶어요."

이번에는 그녀의 눈이 애원했고 할아버지는 고개를 돌리며 깊은숨을 쉬었다. 돌아누운 할아버지의 등은 벽처럼 완고했다.

3.

아침은 안개와 함께 문 앞에 와 있었다. 고택은 짙은 안개에 둘러싸여 사위를 분간할 수 없었다. 그녀는 마루에 앉아 숨을 쉬듯 안개를 마셨다.

'내가 쓸 수 있을까? 아니 써도 될까? 내 집과 마을의 과거를 맞닥뜨려 보겠다는 나의 바람은 진심일까? 나도 사실은 시간이 흘러 모두

가 잊게 되어 편안하게 과거에서 벗어나고 싶은지도 몰라.'

 안개를 모두 마셔 주위를 맑게 해 보기라도 하려는 듯 그녀는 계속해서 숨을 깊게 들이마셨다. 아침 해가 안개를 밀어내고 사위를 차지하고 나서야 부질없는 안개 마시기를 멈추고 일어섰다. 무거운 발걸음을 떼며 마셨던 안개를 모두 토해 내듯 깊은 한숨을 쉬었다.

 그녀는 지난 한 주 도서관에서 지역 연구 자료들을 찾아보고 있었다. 이렇다 할 자료를 얻지 못하던 차에 서가 구석에서 지역 역사가가 쓴 《내 고장 향토사 연구》라는 책을 찾았다. 검은 하드커버에 금장으로 제목이 쓰인 먼지 쌓인 책은 아무도 펼쳐 보지 않은 듯 책장을 넘길 때마다 책장끼리 붙어 쩍 소리를 냈다. 중요 인물, 사건, 전해지는 이야기, 풍속 등이 마을별로 기록되어 있었다. 기전체도 편년체도 아닌 이야기의 나열이기는 했으나 의미가 없지는 않았다. 그 책에는 그녀 마을에 대한 이야기도 있었다.

 '뭔가 하나라도 있을 것이다.'

 그녀는 행간에 숨겨진 의미를 찾아내고자 마산리 편을 여러 번 반복해서 읽었다.

1919년 3월 13일, 마산리 마을 장터, 지금의 3·1 공원에서 만세운동이 일어났다. 도내에서 일어난 만세운동 중 가장 많은 군민이 이날 모였다. 만세운동은 마을의 훈장이었던 이헌영의 주도하에 이창의, 정인영, 박상덕 3

인의 의사가 함께하였다. 그들은 태극기 천여 개를 제작 장터 곳곳에 숨겨 두고 거사일 장에 모인 사람들에게 배포하였다. 그날 수백의 군민이 외친 대한독립 만세의 함성은 우레와 같이 땅과 하늘을 울렸다. 이창의과 박상덕은 일제 경찰의 총에 부상당한 후 체포되었고 이헌영과 정인영은 만주로 망명하였다. 이헌영은 이후 귀국하여 아들 이병선과 함께 군자금을 모으며 독립운동을 계속하다 1940년 다시 투옥되어 가혹한 옥고 끝에 타계하였다. 광복 후 이헌영 의사의 공적비를 세우고자 하였으나 이병선의 간첩 혐의로 무효화했다.

그녀는 이곳을 반복해서 읽었다. "이병선의 간첩 혐의로 무효화했다." 이 문장을 읽을 때마다 사레 들린 듯 쉽게 다음 문장으로 넘어가지 못했다. 간첩 혐의, 간첩 혐의……. 간첩이 아니고, 혐의라. 독립운동을 했던 이병선에 대해 다른 설명 없이 간첩 혐의라는 단어 하나로 모든 것이 종결된 문장이 이상했다.

'아버지를 따라 독립운동을 하던 이병선은 어째서 간첩이 되었을까? 아니 혐의라고 했다. 이병선이 간첩이라는 것이 아니고 혐의가 있다고. 이후 이병선은 어떻게 되었을까?'

향토사를 읽으며 이상한 점은 또 있었다. 최대길, 그녀의 할아버지, 당시 군수였던 그에 대한 기록이 어디에도 없었다. 그는 하급 관리였다. 그랬던 그가 만세운동을 진압한 공로로 승승장구하다 군수의 자리에까지 오른 것이다. 그는 독립운동가들을 무자비하게 탄압했다.

'어째서 그것에 대한 것이 한 줄도 남아 있지 않을까? 독립운동가에 대한 이야기가 남아 있듯 지역의 향토사에는 친일파와 그들이 했던 친일 행위들에 대한 기록도 남아 있어야 하는 것 아닌가? 내 할아버지와 같은 분들의 이야기가.'

처음부터 의도했던 것은 아니지만, 그녀는 향토사에 대한 책을 읽으며 자신의 할아버지가 일제 강점기에 저지른 과오(過誤)가 어떤 것이었는지 자세히 알고 기록하는 것이 자신이 이 글을 써야 하는 이유라는 생각이 들었다.

'누가 기억하고 있을까?'

그녀의 할아버지라면 모든 일을 기억하고 있을 것이다. 그녀는 방학 후 내내 그의 방에 들러 같은 질문을 계속하고 있지만 그는 이제 그녀가 방에 들어오면 일어나 앉으려고도 하지 않았고 눈을 마주치지도 않았다. 그녀는 생각했다. 그래도 결국에는 할아버지는 말해야 할 것이고, 자신은 할아버지에게 들어야 할 것이라고.

그녀는 향토사 연구 책을 여러 번 읽은 후 책의 저자를 찾아갔다. 책의 저자는 한울고등학교 역사 교사 김광연이었다. 그는 180cm 정도 되는 큰 키에 살이 찐 편으로 어딘지 덤벙거리는 인상이었다. 그는 그녀에게 차를 준다고 물을 올린 것을 금세 잊고는 책상 위 서류를 뒤적였다. 물 끓는 소리가 요란했다.

"이런 내가 차를 드린다 하고 깜빡했네. 뭐로 드릴까?"

"아니요 괜찮습니다."

안경 너머로 그녀를 바라보는 눈빛은 귀찮은 듯했고, 무심했다. 그녀는 그에게 과제에 관해 설명하고 정중하게 도움을 청했다. 그는 마산리를 도내에서 작은 마을임에도 불구하고 큰 만세운동이 일어났던 곳이어서 흥미로웠다고 기억하고 있었다. 좀 더 자세히 알고 싶었지만 독립운동과 관련된 자료, 특히 만세운동을 이끌었던 이헌영에 대한 자료가 이상할 정도로 남아 있지 않았으며, 그것을 기억하거나 말해 주는 사람도 거의 없었다고 했다. 거의 없다기보다는 피한다는 느낌이 더 맞을 것 같다고 덧붙였다. 그가 그의 책에 나와 있는 것 외에 마을에 대해 특별히 더 아는 것 같지는 않았다.

"저기 학생!"

그가 인사를 하고 돌아서는 그녀를 불러 세웠다.

"이게 도움이 될는지, 그때 일을 증언해 주신 분이 있는데. 그분도 독립운동을 하신 것이 분명한데 한사코 이름을 빼라고 하시더군요. 독립운동을 하신 것은 사실이니 어떻겠나 싶어서 함자를 넣었는데 나중에 보시고 얼마나 화를 내시던지 며칠을 찾아가 빌었어요. 지금은 돌아가셨다고 들었는데, 자제분이 아직 그 마을에 산다는 것 같기도 하고. 아무튼 인터뷰에 응해 준 유일한 분의 주소요."

그녀는 그의 집을 나와 뜨거운 여름 햇살 속에서 그가 건넨 메모지를 한참 동안 들여다보며 서 있었다. 그 빛바랜 누런 종이가 과거로 가는 차표 같다는 생각을 하며, 차표를 접어 넣듯 수첩 사이에 조심스레 메모지를 접어 넣었다.

어젯밤 내린 비로 땅이 질퍽해져 신발이 푹푹 빠졌다. 풀이 난 곳을 골라 밟으며 지뢰밭을 걷는 듯 조심했지만 종아리 아래와 신발은 이

내 흙투성이가 되었다. 김광연에게 받은 주소는 그녀가 아는 곳이었다. 그 집이라면 어렸을 때 가 본 적이 있다. 사람이 살지 않는 곳인 줄 안 동네 오빠들과 흉가 체험을 하러 갔다 주인 할아버지의 기침 소리에 "귀신이다!"라며 도망 나왔던 그 집이었다. 그 집은 마을에서 떨어져 마을 안쪽 깊숙한 곳에 있었다. 그곳에 가려면 인가가 없는 논길을 따라 한참을 걸은 후 검은 물빛의 원형 저수지를 지나야 했다. 둑길이 저수지를 둥글게 둘러싸고 있었고, 푸른 갈대가 둑길 안쪽에서 빽빽하게 저수지를 지키고 서 있었다. 그곳을 걸으면 한여름에도 한기가 느껴졌다. 동네 사람들은 저수지 검은 물을 오래 들여다보고 있으면 물귀신에게 자신도 모르게 끌려 들어가게 된다고 했다.

그곳이었다. 그녀가 해골을 보았던 곳이.

저수지에서 나오는 물이 흘러가는 작은 물길 옆쪽으로 언덕이 있었다. 아이들은 그곳에서 칡을 캐려고 땅을 팠다. 칡뿌리가 굵어서 땅을 깊게 파 들어갔는데, 삽 끝에 턱턱 부딪히는 소리가 났다. 조금 큰 돌멩이라고 생각하고 파냈는데, 흙이 가득 든 백골이었다. 흙을 털어내자 해골은 밀가루를 바른 듯이 하얗게 빛이 났다. 꼬맹이들은 소리를 지르고 도망갔고 조금 큰 아이들은 경찰에 신고해야 한다며 해골을 있던 자리에 그대로 내려놓고, 나뭇가지로 표시를 한 후 경찰서로 갔다. 그때 경찰은 대수롭지 않은 일로 여겼고 백골만으로는 무엇도 할 수 없다고 흐지부지 없던 일이 되었다.

그녀는 진흙탕을 피해 걷기를 포기하고 성큼성큼 걸었다. 빨리 저수지를 벗어나고 싶었다. 저수지 뒤 낮은 구릉을 넘자 그 집이 보였다. 박상덕 의사의 집이었다. 김광연의 말대로 박상덕의 아들 박기남이 오래된 낡은 집을 지키고 있었다. 바지는 흙투성이에 땀범벅인 채 인사를 하는 그녀를 그가 의아하게 쳐다보았다. 그녀는 우선 자신이 최대길의 손녀라는 것을 밝혀야 할 것 같았다.

"안녕하세요. 저는 최 대 자 길 자 어르신 손녀입니다."

그가 그녀를 쏘아보았다. 그 눈빛에 질려 그녀는 자신도 모르게 마루에 꿇어앉았다.

"우리 집에는 무슨 볼일이 있다고. 당장 일어나 가게. 무릎을 왜 꿇누!"

"어르신, 저도 제가 왜 무릎을 꿇어야 하는지 정확히 모릅니다. 할아버지는 물론 누구도 제게 어떤 얘기도 해 주지 않으시는걸요. 하지만 제 할아버지의 손녀라는 것만으로 철들고 한 번도 마을에서 고개를 들고 걸어 본 적이 없습니다. 저는 그냥 어디서든 당당해선 안 되는 사람 같아요. 죄송합니다."

"자네가 죄송할 할 일이 아니네."

"그렇지만 저와 무관하지도 않으니까요. 잠깐만요 어르신!"

그녀는 일어서 나가려는 그를 잡아당겼다. 갑작스러운 그녀의 힘에 그는 마루에 쿵 소리가 나도록 주저앉혀졌다. 그녀도 자신의 순간적인 힘에 당황하여 어쩔 줄을 몰라 했다. 그는 놀란 눈으로 그녀를 쳐다보다 "허허!" 헛웃음을 웃었다. 그는 울타리 밖으로 보이는 마산을 바라보며 긴 숨을 뱉어 냈다.

"저는 사학을 전공하고 있습니다. 김광연 선생님께서 선생님 댁을 알려 주셨습니다. 학교 과제로 마을의 역사에 대해 조사하고 있는데요, 몇 가지 여쭙고 싶은 것이 있어서 왔습니다. 도내에서도 비교적 큰 만세운동이 우리 마을에서 일어났다고 알고 있어요. 그렇다면 그 운동을 주도하신 분들이 있을 것이고, 또 저희 할아버지처럼 그걸 탄압한 사람들, 친일파들이 있을 거잖아요. 며칠을 자료를 찾았지만 열 줄도 되지 않는 기록 외에는 더 이상의 기록이 남아 있지 않았어요. 독립운동하신 분들의 이야기도, 친일을 한 사람들의 이야기도 왜곡되지 않게 그대로 남겨 두어야 하지 않을까요? 후손들이 알아야죠, 반복되는 역사를 피하려면. 저는 아직 어린 학생이지만 역사를 전공하는 사람으로서 제게도 그럴 소명이 조금은 있다고 생각합니다. 친일파의 후손이 무슨 그럴 자격이 있느냐고 책망하실 수 있지만, 저의 출생이 그러하기에 더욱 그 일을 해야 하지 않을까 생각합니다."

여기까지 말하던 그녀는 자신의 말투가 조금 전 그를 주저앉힐 때 팔 힘만큼이나 터무니없고 지나치게 비장한 듯해서 말을 멈췄다.

'나는 그냥 과제를 하려는 학생일 뿐인데.'

그녀는 풀 죽은 목소리로 말했다.

"어렸을 때부터 마을 사람들의 시선이 괴로웠습니다. 무슨 말씀을 하시다가도 제가 가면 말을 멈추셨어요. 저희 집에 침을 뱉고 지나가는 분도 계셨죠. 할아버지가 무슨 큰 잘못을 하신 것 같은데 저는 정확히 알 수 없었어요. 철들고 나서 할아버지 때문에 많은 분이 옥고를 치르고, 목숨까지……. 할아버지가 그 대가로 군수에 오른 것이라는 것을 알았어요. 부끄러웠습니다. 지금 저는 무엇이라도 해서 나는 '이만큼' 했으니 내 할아버지와는 다르다고 면피하고 싶은 비겁한 마음인지도 모르겠습니다. 뭐라도 해야 할 것 같은데, 뭘 해야 할지 알 수 없었어요. 그랬는데 역사학을 공부하면서 우리 마을의 이야기, 독립운동, 친일에 대한 이야기를 사실대로 기록해야겠다는 생각이 들었어요. 학교 과제를 위해 지역 자료를 조사하는 동안 그 생각은 더 분명해졌고요. 친일파의 후손인 내가 해야 하지 않을까라는 생각이 들었어요. 적어도 친일 행위에 대한 부분은, 그것이 제가 할 일이라는 생각이 들어요."

그녀의 말을 듣던 그가 한숨을 길게 쉬고는 말했다.

"나도 자네와 다를 것이 없지."

"네? 무슨……."

그는 한참 동안 말이 없었다. 그녀는 그가 바라보는 마산을 함께 바라보며 앉아 있었다. 그녀의 집과 달리 그의 집은 식물에 점령되어 있지 않았다. 낡은 집 안은 깨끗했으며 마당은 방금 비질을 한 듯 비질한 자국이 남아 있었다. 모든 것은 있어야 할 곳에 있었다. 마당 한쪽에는 잘 닦아 반질거리는 장독대가 햇살을 반사하고 있었으며, 황토벽에는 모양이 다른 몇 개의 호미와, 낫, 갈퀴, 괭이가 키 순서로 걸려 있었다. 이 집에서는 모든 것이 자기 자리를 지키고 있는 것 같았다. 만일 이 집에 그녀의 자리가 생긴다면 자신의 자리에 들어가 평안할 것 같았다. 그는 한 시간여 말없이 먼 데만 바라보고 있었는데, 그녀는 그와 나란히 앉아 있는 그 시간이 지루하지 않았다. 이유를 알 수 없지만 편안했다.

"어린 사람이 애쓰는구먼. 자네가 돌려 말하지 않으니, 나도 바로 말함세."

"잠깐만요 어르신, 말씀을 녹음해도 될까요? 내키지 않으시면 그냥 듣겠습니다."

"아닐세. 좋을 대로 하게."

그녀는 서둘러 가방에서 소형 녹음기를 꺼냈다.

"김광연 선생을 만났었다니 대충 알겠구먼. 모두들 내 아버지를 독립운동가로 알고 있지만 실상 내 아버지는 변절자라네. 아버지는 기미년에 만세운동을 하시다 일본 경찰에게 잡혀갔지. 고문도 고문이었지만 식솔들을 죽이겠다는 협박을 견디지 못하고 이헌영 선생과 정인영 선생의 도주로를 말해 버렸어. 거사가 성공하지 못할 경우 만주로 가기로 미리 약속이 되어 있었던 게야. 다행히 두 분은 잡히지 않고 만주로 무사히 빠져나갔지. 일본 놈들은 아주 지독한 놈들이야. 이헌영 선생과 정인영 선생을 놓친 일본 경찰은 마을 사람들을 모조리 잡아 큰 헛간에 몰아넣고는 삼 일 밤낮을 매질을 해 댔어. 부녀자고, 아이고 노인이고 할 것 없이. 물 한 모금 주지 않았어. 그러고는 저항하는 몇몇을 본보기로 가족이 보는 앞에서 죽였어. 감히 저항의 마음을 품지 못하도록 그놈들 아예 싹을 잘라 버린 거야. 만세운동이 제일 크게 일어난 마산리를 잡으니 이 근방은 조용했지. 몇 년 후 이헌영 선생은 군자금을 모으기 위해 다시 돌아오신 후 십여 년을 국내에서 활동하셨다고 들었네. 그러다 선생이 일본 경찰에 발각되어 한밤중 마을까지 쫓겨 오셨는데 마을 사람들 누구도 선생에게 문을 열어 주지 않았어. 내 아버지조차도. 선생은 마을 제당에 숨으셨지. 마을 사람들 모두 그걸 알았지만 선생이 숨은 곳을 알려 주지는 않았지. 감히 거기까지 할 수는 없었던 게야. 그때 쫓기던 이헌영 선생을 일본 경찰에 넘긴 이가 박만복이야. 박만복이 아들 박동춘은 그것으로도 모자라 이병선의 안사람께 몹쓸 짓을 했지. 양반이었던 그분을

125

소싯적에 흠모했었다고 하더군. 그분은 그 일로 그만 정신을 놔 버리셨고. 복중에 태아가 있었는데……. 금수만도 못한 놈! 이병선은 그때 도망쳤는데, 해방 후까지 마을에 돌아오지 못했어. 박만복과 최대길이 그자들의 일은 그들이 아직 살아 있으니 그들에게 듣게. 변절자인 내 아버지는 평생을 이 집에서 폐인처럼 살았다네. 아버지가 폐인처럼 사시니 우리 가족은 모두 그렇게 살았지."

"이병선 의사는 해방 후 마을로 돌아오셨나요? 제가 읽은 자료에는 간첩으로 의심받았다고……."

그는 다시 한숨을 길게 쉬고는 한동안 말이 없었다. 그녀는 그사이 녹음기의 건전지를 갈아 끼웠다.

"이병선이 간첩이라고? 그놈들이, 박만복과 최대길 그놈들이 자기들 죄를 덮으려고 한 일이지. 박만복 이자는 마름이었어. 그때 마산리 땅은 거진 권성일라는 사람 것이었지. 권성일은 중추원 참의까지 했던 친일파라고 들었네. 그 땅을 관리한 것이 박만복이야. 박만복은 나라가 어지러운 틈을 타 헐값으로 고장 사람들 전답을 사들였어. 팔지 않으면 권성일의 힘을 빌려 온갖 모함을 해 경찰에 끌려가게 했지. 돈이 되는 일이라면 무슨 일이든 하는 놈이었지. 그런 놈이 아직도 살아서 지역 유지라고 행세를 하고 있으니. 해방이 되고 이병선 의사가 마을로 돌아왔어. 이병선 의사는 조용히 집안을 수습한 후 박만복과 최대길을 반민특위에 기소하고 처벌받게 하려고 했다네. 그런데 어떻게 된 일인지, 그들은 처벌받지 않고 이병선 의사가 간첩으로 몰리게 됐어. 마을을 떠나 있던 동안의 행적이 의심스럽다며. 이헌영 선생의 공적비 건립 사업도 없던 일이 되었고. 다 그놈들이 수

작을 부린 게지."

"마을 분들은요? 가만히 계셨어요?"

"잘못했지 다들. 그때라도 바로 잡았어야 했는데. 박만복, 최대길이 마을 사람들을 협박했어. 이헌영 선생이 잡히도록 다들 묵인했으니, 반민특위로 넘어가면 그들도 처벌받을 거라고. 다들 입을 다물었지. 다들 일신만을 생각하고……. 자네 말이 맞네. 이제라도 바로 잡을 수만 있다면……."

"어르신, 이병선 선생님은 어떻게 되셨어요? 간첩으로 처벌받으셨나요?"

"글쎄 그건 잘 모르겠네. 갑자기 사라지셨어. 월북했다는 소문도 있었고."

"네, 아까 선생님 자제분이 있으셨다고 그분은 그럼 지금……."

"폐인처럼 사신 아버지가 목숨을 버리지 못하시고 겨우 연명하시며 하신 일이, 선생의 가족을 돌보신 일이었네. 간첩으로 더구나 월북한 것으로 의심받은 집이었으니 드러내 놓고 돕지는 못하시고 몰래 쌀이며 먹을거리를 대셨다네. 그것을 누가 아는 것조차 부끄러워하셨지. 배신자가 무슨, 어쨌거나 그분, 그 자제분은, 어머니는 정신 이상에 교육도 제대로 받지 못하고 비렁뱅이로 사셨네. 아버지는 돌아가시면서 내게 그 집을 돌봐야 한다는 말씀만 남기셨네. 자네도 알 텐데 천둥이라고."

"네? 천둥이라면……. 어떻게 그런……."

천둥이라면 그녀도 안다. 천둥이는 동네 바보였다. 천둥이는 어렸을 적 마을 어귀 움막에 살던 거지였다. 40대의 어른이었지만 동네 사람들이 모두 천둥이라고 부르니 아이들도 천둥이라고 불렀었다. 그는 오랫동안 씻지 않아 원래의 피부색을 알 수 없는 시커먼 얼굴에다 해진 군복을 입고 쓰레기를 줍기도 하고 구걸을 하기도 하며 마을을 돌아다녔다. 아이들은 무서워 가까이 가지는 못하고 멀리서 "천둥아! 천둥아!" 놀리며 따라다녔다. 그러면 그는 "이놈들!" 하며 아이들을 쫓아냈지만 노여워하는 기색은 없었다. 그런 그가 이병선 의사의 자제였다니, 그녀는 믿을 수 없었다. 그녀는 이것은 불의이기에 앞서 부당이라고 생각했다. 당연한 인간의 도리를 벗어나는 것, 빛과 어둠이 뒤바뀐 세상.

"천둥이, 아니 그 자제분은 어떻게 되셨어요? 제가 아주 어렸을 때 본 기억은 있는데, 언제부턴가 마을에서 보이지 않으셨던 것 같아요."

"나도 몰라. 아버지가 돌아가시고 나는 고향을 떠났었다네. 몇 년 후 돌아와 보니 그분 어머니는 돌아가셨고 그분은 마을을 떠난 후였지. 지금까지 그 행방을 수소문하고 있네만, 어디로 간 것인지 도무지 소식이 들리지를 않아. 하아! 나는 아버지 유언을 받들지 못했어."

"……."

"죄인인 아버지의 아들로 사는 것이 힘들었지. 벗어나고 싶었다네, 그런 태생을. 여기저기 떠돌았지만 정착할 수 없었어. 벗어나려고 발버둥 쳐도 벗어나지지 않더군. 그래서 돌아왔지. 벗어날 수 없으니 이 자리가 내 자리인가 보다 하고. 나는 여기서 이 집을 지키며 살기로 했네. 잘 지키고 있다가 어느 날이고 천둥이 고향을 찾아 돌아오면 그를 맞아 아버지 유언대로 그와 함께 살고 싶네. 그게 내 바람이야."

"돌아오실까요?"

"돌아올 게야, 나처럼. 여기가 고향이니까."
"그분께 우리 마을이 고향일까요?"
"……."
한참 후 그가 다시 말했다.
"어떻게 해야 이 마을이 그에게 고향이겠는가?"

4.

박기남의 집에서 나올 때 하늘에는 그믐달이 떠 있었다. 여린 달빛은 지면까지 닿지 않아 주위는 온통 어둠이 가득했다. 집으로 가려던 그녀는 박만복의 집으로 발길을 돌렸다. 그녀 안의 뜨거운 무언가로 인해 그녀는 현실 감각이 없어졌다. 어두운 둑길이 무섭지 않았고 시간 개념도 없어 늦은 시간인 것을 인지하지 못한 채 뚜벅뚜벅 앞만 보고 걸었다. 그녀는 듣고 싶었다. 그들의 입으로.
'그 정도는 하셔야 하는 것 아닌가?'

"박기남이 그자가 무엇을 안다고, 니가 이러고 빨갱이처럼 운동하고 다니는 것을 니 할애비가 아느냐? 어린 것이 못된 것만 배워 가지고, 나는 하나도 부끄러운 것이 없다, 이미 다 지나간 일이다. 그 시절에는 그렇게 살 수밖에 없었어. 그때는 나라가 일본이었다. 그러니 일본에 애국하는 수밖에. 나뿐인 줄 아느냐 다들 그렇게 살았다. 그리고!"

여기까지 말하던 박만복은 숨이 찬 것인지 억울하여 말문이 막힌 것인지 한참을 씩씩대며 호흡을 가다듬었다.

"그리고 어, 어, 내가 일군 재산에 빌붙어 사는 사람이 한둘이냐? 우리 군에서 우리 집안이 없어지면 반은 굶어 죽을 거다. 그 사람들 먹여 살리는 것이 거저 되는 줄 아느냐. 버르장머리 없는 것! 아무것도 모르는 것이!"

박만복의 고함 소리가 삼 층의 너른 집 안에 쩌렁쩌렁 울렸다. 무릎을 꿇고 앉아 박만복의 역정을 받아 내고 있는 그녀를 성훈이 일으켜 밖으로 데려 나왔다.

"선배는 아무렇지도 않아요?"

"내가 한 일이 아니잖아."

"선배가 누리고 있는 이 풍요의 밑바닥에 어떤 이들의 피눈물이 깔려 있다면요? 선배가 한 일이 아니더라도 그걸 누리고 살고 있는 것이 떳떳하지는 않잖아요?"

"그래서 너처럼 고개 숙이고 다니면, 인정하면, 뭐가 달라지니? 내 할아버지와 아버지는 일제 강점기가 아니었더라도 충분히 그 정도의 부를 축적할 능력이 있으신 분들이셔. 성실하게 살아온 분들이라고."

"성실히 부를 쌓으셨죠. 성실하게 부를 위해서라면 조국을 배신하는 것도 민족을 배신하는 것도 서슴지 않으셨죠."

"민족, 국가 이런 것이 절대적 의라고 생각하니? 나는 그런 개념도 결국은 지배자들이 지배의 편의를 위해 만들어 낸 것이라고 생각해. 그렇다면 그것을 우리가 목숨을 바쳐 지켜야 할까? 또 글로벌 시대에 내 민족, 내 나라만 주장하는 건 편협한 거잖아, 넓은 의미로 보면 한

일합방도 세계화의 하나로 받아들일 수 있다고 생각한다. 친일도 그런 측면이 있을 수 있고. 내 할아버지와 아버지는 그분들이 할 수 있는 최선의 선택을 하신 거라고 생각해. 보통 사람으로서 가족을 먼저 생각하신 거지. 대의적으로 생각하지 못한 것이 부끄러운 일은 아니라고 생각해. 모두가 독립투사일 수는 없잖아."

"친일에 세계화를 갖다 붙이는 것은 결과론적 합리화예요. 당시에 세계화라는 목표를 가지고 친일을 하지는 않았을 테니까요. 물론 국가가 우선이냐 가족이 우선이냐는 개인의 선택에 달린 일이라고 생각해요. 그런 상황에서 가족을 돌보는 것을 선택할 수 있죠. 그것이 나쁘다는 게 아니에요. 적어도 그 선택이 남을 짓밟는 것이어서는 안 된다는 거예요. 저는 그런 어려운 시국에 남을 짓밟고 부와 권력을 차지하고 또 그것을 지키기 위해 다시 그들을 짓밟는 것을, 그리고 그것을 부끄러워하지 않는 것을 나쁘다고 말하는 거예요. 거창하게 민족, 국가, 이런 것을 말하지 않더라도 인간이라면 그러면 안 되는 거잖아요. 잘못했으면 인정하고 반성하고 용서를 구하고 다시 그런 일을 하지 않아야 하는 거잖아요. 그건 그냥 사람의 도리라고 생각해요. 그런데 제 할아버지도, 선배의 할아버지도 그 도리를 하지 않으셨어요. 그런 분들이 자신들이 짓밟은 사람들 위에 군림하고 사회적으로 인정받고 잘살고 있잖아요."

"내 할아버지와 아버지는 누군가를 짓밟지 않았어. 무슨 근거로 그렇게 말하니? 그저 일본에 저항하지 않고 받아들였을 뿐이야. 힘없는 개인이 국가가 지켜 주지도 못하는데 그런 선택을 한 것을 비난할 수는 없어. 너야말로 누군가를 근거 없이 비난하며 고통을 주고 있는 거야!"

"저는 사실을 사실대로 알고 싶을 뿐이에요. 당사자들이 사실을 말해 주지 않으니, 사실을 찾기 위해 노력해야죠. 근거 없는 비난이 되지 않도록."

여기까지 말하던 그녀는 말을 멈췄다.

'말은 필요 없다. 모두가 인정할 수밖에 없는 사실을 알아야 하는데. 어떻게…….'

성훈은 생각할수록 인희가 괘씸했다. 평소라면 집까지 바래다주었겠지만 오늘은 그러고 싶지 않았다.

'우리 집을 건드리는 것은 누구라도 용서할 수 없어.'

그는 괜히 분한 마음이 들어 발밑에 차이는 돌멩이를 걷어찼다. 그는 한 번도 자신이 누리는 것에 대해 의심해 본 적이 없었다. 그가 태어날 때부터 그의 집은 군내에서 손에 꼽히는 부호였다. 시내에 여러 채의 건물이 그의 집 소유였고 그가 파악할 수 없을 만큼의 전답이 있었다. 어려서부터 그가 본 할아버지와 아버지는 항상 부지런했다. 늦잠 주무시는 것을 본 적이 없었다. 그 많은 건물과 전답을 관리인도 없이 직접 관리하느라 아침부터 저녁까지 일하셨으며 아버지는 밤이면 장부를 꺼내 놓고 건물 임대료며 세금 등 재무관리를 하셨다. 그런 아버지가 안쓰러워 사람을 좀 쓰시지 그러냐고 그가 말하면 그의 할아버지는 "남을 어떻게 믿느냐."라고 하셨다. 그런 와중에도 안주하지 않고 새로운 투잣거리를 찾느라 고군분투하는 모습이었다. 그는 머리가 영특하지는 않았지만 고액의 사교육을 받았고 스스로 생각하기에도 충분하다 싶을 정도로 노력하여 서울의 유수한 대학에 입학했다. 인희와는 어렸을 때부터 집안 어른들끼리 왕래가 있어 알고 지냈다. 불우한 가정 형편임에도 늘 반듯한 차림새에, 공부도 잘하고, 자신에게는 없는 무언가가, 그러니까 또래 아이들과는 다른 어떤 어둠이 있는데 그게 어떻게 보면 또 사려 깊어 보이기도 하고 뭔가 기품이 있어 보이기도 했다. 가냘픈 몸매에 앙다문 입술로 생각에 잠겨 있는 모습을 볼 때면 안쓰러운 마음이 들어 챙겨 주고 싶었다.

'예쁘다 예쁘다 했더니, 자기가 뭐라고 감히 우리 할아버지를……'

집으로 돌아오니 모두 주무시는지 거실과 부모님 방엔 불이 꺼져 있었고 할아버지 방에선 커튼 사이로 작은 불빛이 새어 나오고 있었다. 할아버지는 불을 끄고는 잠을 주무시지 못했다. 젊은 시절부터의 버릇이라고 하셨다. 그는 그것조차 아침에 일찍 일어나기 위해 깊게 잠드는 것을 경계하기 위한 것으로 생각하고 그러한 할아버지의 성실함을 존경했다. 그는 소리가 나지 않게 현관문을 열었다. 거실을 지나 이 층에 있는 자신의 방으로 올라가려는데 할아버지 방에서 말소리가 들렸다. 그는 할아버지가 잠꼬대하는 것으로 생각했다.

'오늘 놀라셨으니……'

그는 잠자리를 다시 봐 드려야겠다 싶어 두세 계단 올라갔던 계단을 뒷걸음질 쳐 내려와 할아버지 방으로 향했다.

"목소리 낮춰라."

"집 안에 아무도 없어요. 걱정 마세요."

"성훈이는?"

"아마 인희 집까지 바래다주러 간 모양이에요."

"그놈도 쓸개 빠진 놈이구나!"

"그러니까 아버지, 그 애가 뭔가를 듣고 온 것 같아요. 그러지 않고 서야 이 밤에……."

"이런 답답한 인사를 봤나. 박기남이 어떻게 알아. 그날 거기에 우리밖에 없었는데, 이병선이 그놈 놔뒀으면 그놈이 우리를 죽였을 거야. 그러게 왜 그놈 처는 건드려서. 못난 놈! 남의 마누라 된 년이 그런다고 네 것이 되느냐!"

"다 지나간 얘길 왜 또 하세요. 최대길이 그 애에게 뭔가를 말했을 수도 있어요. 그 노인네 노망이 났다는 소리도 있던데."

"최대길이는 절대 몰라. 니가 이병선 그자를 그렇게 하고 도망친 후에 내가 최대길이를 거기로 불렀지. 경찰도 부르고. 지가 그놈을 죽였다는 누명을 쓸까 봐 한밤중에 부들부들 떨며 찾아왔더구나. 나는 그자가 누명을 안 쓰도록 경찰에 손을 좀 써 줬어. 덕분에 최가네 전답이 우리 수중에 떨어진 게야. 최대길이, 지 놈도 근본은 중인 출신인 것이 대놓고 나를 깔보더란 말이지. 그 참에 내가 아주 코를 납작하게 해 줬지. 그놈 아들은 지 아비가 이병선을 죽인 줄 알고 죽도록 미워했어. 그게 다 인과응보라는 것이다. 아닌가? 일석이조인가? 뭣이면 어떠냐. 너는 국회의원 선거 준비나 잘해. 엉뚱한 생각 하지 말고!"

"예."

성훈은 자신의 방을 둘러보았다. 복층 구조의 방은 서재와 침실이 분리되어 있었다. 서재 벽 책장에는 하드커버의 책이 잘 정리되어 있었고, 넓은 책상 한편에는 얼마 전 출시되자마자 어렵게 구입한 매킨

토시 컴퓨터가 놓여 있었다. 침실의 가구와 침구는 올해 봄 그의 취향에 맞게 블랙과 화이트 톤으로 새로 단장했다. 침실 옆의 계단을 오르면 천정이 유리로 된 작은 천문대가 있었다. 작다고는 하나 천정이 개폐가 되며 웬만한 천문대 못지않은 고가의 장비를 갖추고 있었다. 별 보기를 좋아했던 그가 아버지를 졸라 고등학교 입학 선물로 받은 그만의 비밀 공간이었다. 이곳에서 별을 보는 시간이 가장 편안했다. 밤새워 별을 보고 싶었지만 할아버지는 그런 그에게 말씀하셨다.
"별을 보기만 하면 뭐 하느냐. 니가 별처럼 높은 사람이 되어서 사람들이 너를 쳐다보게 만들어야지."
그는 천문학과가 아닌 법학과에 진학했다. 별이 되기 위해.
성훈은 생각했다. 법에도 시효(時效)가 있다. 소멸시효, 취득시효, 공소시효, 왜 법은 시효를 두는가? 범죄 후 오랜 기간이 지나면 사회적 관심이 적어지고, 그 범죄가 사회에 미치는 영향도 미미해진다. 또한 오래전 일을 잊고 안정적으로 사회생활을 하고 있는 범인에게 죄를 묻는 것이 부당한 측면이 있으며, 범인은 이미 그 사건으로 형벌 못지않은 고통을 받았다고 법이 인정하는 것이다. 법은 정의를 실현하기에 가장 적합한 가치라고 한다. 그런 법에서조차 시효를 두는 것이다. 할아버지와 아버지의 일은 오래전의 일이다. 법적으로 시효가 지난 일이다. 그분들께 책임을 묻는 것은 부정당하다. 사건과 직접 관련이 있는 관계자도 거의 없는 상황에서 그때 일들을 거론하는 것이 무슨 의미가 있을까? 그렇다면 나는? 내가 한 일도 아니지 않은가? 그걸로 괴로워할 이유가 없다.
'아무것도 달라질 것은 없어.'

그는 턱을 괴고 있던 손을 풀고 책상에서 일어나 침대에 누웠다. 아늑하고 편안했다.
'그래. 모든 것이 그대로야.'

5.

박만복의 집에서 쫓겨나듯 나온 그녀는 집으로 바로 갈 수 없었다. 마음이 가라앉질 않았다. 그녀가 마을을 빙빙 돌자 동네 개들이 하나둘 깨어 짖기 시작했으나 그녀에게는 그 소리가 들리지 않았다. 그녀가 자기들의 울음에도 아랑곳하지 않고 계속 마을 길을 돌자 개들도 곧 그녀를 신경 쓰지 않게 되어 짖기를 멈추고 다시 잠이 들었다.

'바보 같았다. 나는 박만복과 박동춘에게 무슨 말을 들으려고 한 걸까? 그렇게 물어보면 그들이 과거에 자신들이 잘못했다고 인정할 줄 알았던가? 내가 원한 것은 사실을 사실대로 인정하고 사과하는 것이었다. 과거에도 하지 않았던 그들이 밤늦게 갑자기 나타나 묻는다고 인정하리라 생각했는가? 경솔했다. 그들은 다 지나간 일이라고 한다. 자신들은 다 지나간 그 일로 쌓은 부와 권력으로 현재를 밝은 곳에서 살고 있고, 마땅히 보상받아야 할 분들은 그들이 저지른 다 지나간 그 일에 갇혀 과거도 현재도 어둠 속에 살고 있으며 어쩌면 미래조차 그러할 것인데, 이 부당을 바로잡을 수 있을까? 저들의 인정과 사과가 가장 좋은 방법이겠지만 그들은 꿈쩍하지 않을 것이다. 이 일의 해결조차 그들에게 맡겨야 하는가? 다른 방법은 없을까? 나는 너무나 몰랐다. 친일의 역사에 대해, 이렇게 준비 없이 여기저기 묻고 다닌다고 달라질 것은 없다. 내가 무엇을 해야 할지 이제야 조금 보이는 것도 같다.'

마산 위에 걸쳐진 구름 사이로 해가 비치기 시작했다. 흰 무명천이 피로 물들 듯 구름은 내부로부터 새어 나오는 붉은빛에 물들기 시작했다. 그녀는 고택의 허물어져 가는 담벼락 아래 쭈그리고 앉아 해가 뜨는 것을 바라보았다. 해는 구름 속을 쉽사리 빠져나오지 못하고 헤매고 있었다. 드디어 해가 구름 속에서 길을 찾아 구름을 뚫고 나왔다.

그녀는 자리를 털고 일어서 사랑채로 향했다. 그녀의 할아버지는 방문을 열고 벽에 비스듬히 기대어 앉아 마산을 보고 있었다. 그녀는 방에 들지 않고 툇마루 앉았다.

"할아버지, 어제 저수지에 있는 박기남 선생 댁에 다녀왔어요."

할아버지는 눈을 감았다.

"거기서 이헌영 의사와 이병선 의사에 대해 들었어요. 제가 어려서 놀리고 따라다니던 천둥이에 대해서도요."

할아버지는 방문을 닫으려 했다. 그녀는 더 큰 소리로 말했다.

"눈을 감으셔도 방문을 닫아도 제 입을 닫게 할 수는 없을 거예요. 박만복 어르신 집에도 갔었어요."

박만복이라는 말을 듣자 할아버지는 방문을 닫으려던 손을 멈췄다.

"할아버지 제가 왜 이러고 다니는 줄 아세요? 오래전 일이고 지난 일이라고요? 다시 들춰서 뭐 하냐고요? 할아버지께는 그때 일들이 끝난 일이에요? 없었던 일처럼 지내면 할아버지가 하신 일들이 없어져요? 과거가 없어지나요? 돌아가신 아버지의 일도 없는 게 되는 거예요? 저는 아버지가 웃는 것을 본 적이 없어요. 그리고 저도 웃어 본 적이 없어요. 마음속에 무거운 돌덩이 하나가 늘 저를 짓누르고 있어요. 마을 사람들에게 손가락질 받는 할아버지의 손녀잖아요. 할아버지가 알려 주셔야죠. 어떻게 하면 과거에서 벗어나 저도 남들처럼 살 수 있을지. 언제까지 저는 할아버지와 함께 할아버지가 한 일에 갇혀 살아야 해요? 그렇게 눈감고 문 닫고 계시면 다예요? 저도 아버지처럼 되길 바라세요?"

"……."

"……."

그들은 오랫동안 말이 없었다. 한 사람은 방 안에 눈을 감은 채 벽에 기대앉아, 한 사람은 툇마루 등을 돌린 채로 앉아 끝나지 않을 침묵의 대치를 하는 듯 보였다.

"미안하구나! 어떻게 해야 하는지 할애비도 모르겠다. 어떻게 하면 니가 돌을 내려놓겠느냐?"

"……."

"누구에게 사죄를 하느냐, 다들 죽었는데."

"누가 그러던데요? 매일 밤 아버지 꿈을 꾸는 건 아버지의 장례식을 보지 못해서라고요. 그래서 아버지를 아직 보내지 못하고 있어서 그렇대요. 그때 저 어리다고 친척 집에 보내셨었잖아요. 어떤 일들은 고통스럽더라도 충분히 겪고 고통스러워야 지나가지는 것 같아요. 할아버지는 그걸 피하셨어요, 해방되고 마땅히 겪었어야 할 일들을.

그때 하지 않으셨던 걸 이제라도 하셔야 해요. 사람들에게 일제치하에서 하셨던 일들을 사실대로 말하세요, 비판받고, 책임져야 할 일은 책임지고, 사죄도 하시고요. 제가 옆에 있을게요."

"그러면 되느냐? 그러면 네가 가벼워지겠느냐?"

"제가 가벼워지는 것이 문제가 아니라 오래전에 이미 마땅히 그래야 할 일이었어요. 마땅히 책임지고 고통받았어야 했는데 오히려 책임을 묻고 사과받아야 할 분들이 고통받고, 마을을 떠나셨어요. 할아버지 우리가 할 수 있는 일을 해요. 인정하고 사죄하는 거요!"

등에 메고 있던 가방 속에서 소형 녹음기를 꺼내 붉은색의 녹음 버튼을 눌렀다. 그녀는 할아버지가 말하는 동안 할아버지의 손을 꼭 잡고 있었다. 나직한 할아버지의 말소리와 카세트테이프 돌아가는 소리가 서로 두런두런 대화를 하고 있는 듯했다.

6.

그날은 실금처럼 보이던 그믐달도 사라진 삭이었다. 칠흑 같은 밤이었다. 천만여 조선 동포는 해방의 기쁨에 들썩거렸지만 모두가 그런 것은 아니었다. 최대길은 일본의 패전을 꿈에서도 생각해 본 적이 없었다. 최대길에게 해방은 그야말로 땅이 바다가 되고 바다가 땅이 된 격이었으며 어둠과 빛이 뒤바뀐 격이었다. 그는 반갑지 않은 손님을 맞듯 엉거주춤 일어나 해방을 맞았다. 40년간 몸 바쳐 왔던 나라가 갑자기 망하고 자신이 평생을 쌓아 올린 모든 것이 물거품이 될 처지에 놓였으나 시골의 관리일 뿐인 최대길로서는 한 치 앞도 점칠 수 없었다. 그는 군수 자리에서 내려와 겉으로나마 참회하는 모습을 보이려 애쓰며 납작 엎드려 갑자기 변한 세상에서 살아날 방법을 찾고 있었다. 그러나 어쩐 일인지 삼 년도 지나지 않아 세상은 원래대로 되돌아가고 있었다. 중추원 참의를 지낸 권성일은 정부 요직을 맡게 되었고 해방 전 순사였던 이가 경찰서장이 되었다. 잠시 마을을 떠났던 박만복도 경찰서장과 함께 마을로 돌아왔다. 최대길이 보기에 달라진 것은 나라 이름뿐이었다. 조선이 대한제국으로, 대한제국이 일본으로, 일본이 대한민국으로. 그리고 모든 것은 그대로였다. 잠시의 혼란이 있었을 뿐이었다. 최대길이 군수 자리에서 물러나 애매한 입장을 취하는 사이 그가 설 자리는 없어져 버렸다. 당당히 버텼어야 하는데 그러지 못한 것이 두고두고 후회막급이었다. 큰 힘을 가지게 된 권성일을 등에 업은 박만복은 이제 최대길조차도 어려울 정도로 권세가 드높아졌다. 고작 마름 출신인 놈에게 굽신거리려니 돌을 씹는 것 같았지만 중앙에 줄이 닿은 박만복을 통해서나마 경찰서장도 만나고 정부가 돌아가는 얘기도 들을 수 있었으니 속을 감추고 박만복에게 붙어 있는 길이 살 길이었다. 군수 자리까지는 되찾지 못하더라도 어디 시골에 면장 자리라도 꿰차려면 박만복과 친분을 계속 이어가야 했다. 그런 최대길에게 가장 큰 골칫거리는 늦게 본 아들이었다. 최대길은 박만복에게 뒤질 것이 없던 자신이 이렇게 고전하게 된 것은 모두 아들 때문이라고 생각했다. 늦게 본 귀한 아들이라 매 한 번 대지 않고 키웠더니 제멋대로였다. 해방 전엔 어린 녀석이 이병선을 따라다니며 독립운동을 한다는 등 설치고 다니는 통에 그 뒤치다꺼

리하느라 여기저기 책을 잡혀 자신의 입지가 좁아졌는데, 지금은 반민특위네 친일파 처단이네 하며 돌아다니니 경찰서장이며, 중앙에서 새로 내려온 군수에게 아쉬운 소리를 할 염치가 없었다. 얼마 전부터 박만복이 반민특위는 빨갱이라고 정부에서 가만두지 않을 테니 아들 단속 잘하라고, 그러다가 월북이라도 하면 어쩔 거냐는 소리를 하여 노심초사하고 있던 참이었다.

아들이 늦도록 오지 않아 잠을 이루지 못하고 있었는데 한밤중 박만복네 사람이 왔다.

"군수 어르신, 도련님이 방금 전에 병선이와 저수지 쪽으로 가는 걸 봤어요. 둘 다 등에 큰 봇짐을 지고 가는 것이 이상해서 알려 드려야 할 것 같아서요."

순간 박만복에게 들은 월북이란 말이 생각이 나며 이 녀석이 드디어 사달을 내려고 하는구나 싶었다. 최대길은 그 길로 저수지로 내달렸다.

'내 이놈을!'

급한 마음에 몸만 앞섰지 다리는 따르지 못해 넘어지고 일어서기를 반복했다. 저수지 옆을 지날 때쯤 언덕 쪽으로 불빛이 보였다. 최대길은 불빛을 따라 가쁜 숨을 몰아쉬며 언덕길을 올라갔다. 십여 분쯤 올랐으려나, 불빛 아래 엎드려 있는 사람이 보였다. 최대길은 아들이라고 생각하여 뒤집어 보았는데, 이병선이었다. 머리가 피투성이가 되어 숨을 쉬지 않았다. 불길했다. 최대길은 서둘러 그 자리를 벗어나려 했지만 어떻게 알고 왔는지 김 형사가 들이닥쳤다. 그제야 최대길은 자신이 덫에 걸렸음을 알았다. 당장 서로 가자는 김 형사를 달래 이병선의 시체를 근처에 묻고, 박만복에게 갔다.

일을 무마시켜 주는 대가로 박만복의 아가리에 날로 처넣은 재산도 재산이지만, 최대길이 더 견딜 수 없는 것은 박만복이 애매한 말로 부자지간에 금을 가게 하여 아들이 이병선이 사라진 것을 두고 자신을 의심하며 이제 아버지로 여기지도 않는 것이었다. 이병선이 중심이 되어 모였던 청년 모임은 이병선이 사라지자 갈피를 잡지 못했고 그 와중에 친일파를 아버지로 둔 아들은 모임에서 배척되었다. 아들은 어디에도 속하지 못하고 하루하루 망가져 갔다.

손녀가 백골을 본 날, 한밤중에 땀범벅에 흙투성이가 된 아들이 들이닥쳤다.

"아버지일 거라고 생각했어요."

"무슨 소리냐?"

"이게 뭔지 아시겠어요?"

아들은 녹이 슬어 형체를 거의 알아볼 수 없는 회중시계 내밀었다.

"무어냐 이것이."

"병선 형님 시계예요. 오늘 마을 아이들이 백골을 봤다는 그곳에서 찾았어요. 그 백골은 형님이 분명해요. 아버지도 이미 알고 계셨죠? 그래서 인희에게 그렇게 화를 내신 거고요? 형님이 갑자기 사라진 그날, 아버지는 새벽이 되어서야 집에 들어오셨어요. 형님이 갑자기 월북이라니요, 저는 믿지 않았어요. 아버지, 형님께 무슨 짓을 하신 거예요?"

"나는 죽이지 않았다! 내가 갔을 때는 이미 죽어 있었다."

"그러니까 그 백골이 형님이 맞군요. 아버지가 형님을 죽이신거죠?"

"나는 아니다, 아니다!"

"형님을 죽이고 월북으로 꾸미고, 그걸 모두 아버지가……."

"아니라는데도. 나도 당한 거다. 박만복 그놈한테!"

"설사 아버지가 형님을 죽인 것이 아니더라도 그 죽음에 동조하고 진실을 덮은 것이 아버지예요. 아버지는 아직도 아버지가 했던 일들에 대해 잘못했다는 생각을 안 하시는군요. 그대로시네요, 예전이나 지금이나. 사람이기를 포기한, 버러지보다도 못한."

"오냐, 이놈아. 너는 그 버러지 자식이다. 네 입으로 들어가는 그 밥이, 그 옷이 어디서 나온 것이더냐. 과거에 갇혀서 처자식 건사도 못하는 반푼이가!"

아들은 최대길을 버러지를 보듯이 보았다. 초점 없는 아들의 눈에는 빛이 없었다. 마치 유령의 검은 눈동자 같았다. 아들은 아무 대답도 하지 않고 물러났다. 그리고 그것이 마지막이었다.

최대길의 시계는 그날에서 멈췄다. 아들의 죽음을 받아들일 수 없었다. 아들이 죽은 이유가 자신이라는 것을 말이다. 최대길은 집 밖으로 나가지 않았다. 최대길은 모든 것을 멈췄다. 집안을 일으켜 보겠다고 박만복과의 가는 끈을 끊어 내지 못하고 붙잡으려 하던 노력도, 습관처럼 남아 있던 부지런함도, 과거 자신의 행동은 어쩔 수 없는 선택이었다는 스스로를 속이기 위한 합리화도, 이제 그는 아무것도 하지 않았다. 그에게 과거는 지나간 시간일 뿐이었고 아들을 잃음으로써 현재와 미래도 사라져 버렸다. 그는 단지 연명할 뿐이었다. 그의 연명의 이유는 자신까지 목숨을 놓아 버리면 손녀도 살 수 없을 것 같았기 때문이다. 그러나 그가 모르는 것이 있었다. 그는 자신의 시간을 멈춤으로써 모든 것이 끝났다고 생각했을지 모르지만 누군가는 그가 저지른 과거로 인해 여전히 고통받고 있었다. 자신의 손녀조차도. 멈춘 것은 없었다.

7.

방학이 끝나 갈 무렵까지 그녀는 그때의 일을 기억하는 마을 사람들을 찾아다니며 인터뷰를 하고 자료 조사를 했다. 처음 마음을 열지 않았던 마을 어르신 몇 분이 그녀 할아버지의 사죄가 담긴 증언을 듣고는 마음을 돌려 그때의 일들을 말해 주었다. 만세운동 때 얼마나 가슴 벅찼었는지, 평화적으로 만세운동을 하면 세계열강이 조선의 억울함을 풀어 줄 것이라는 믿음이 얼마나 헛된 것이었는지, 일제 치하에 태어나 일본을 조국으로 알고 살았던 분이 광복 후에 나라의 의미를 어떻게 되찾게 되었는지, 두려워 독립운동을 하지는 못했지만 일제 치하 말엽 일제에 바치느니 차라리 버리겠다며 몰래 무쇠솥을 강에 버린 일 그리고 마음속에 묻어 두었던 이헌영 선생 일가에 대한 죄스러움……. 많은 것들을 기억해 내고 증언했다.

개강을 며칠 앞두고서야 그녀는 자신의 방 앉은뱅이책상 앞에 앉았다. 글을 시작하지 못하고 오랫동안 노트를 바라보기만 했다. 오랫동안 망설이던 그녀는 첫 페이지에 임종국 선생의 친일 문학론에서 읽었던 글을 옮겨 적었다.

"그러나 그 모든 것이 지나간 사실, 지나간 사실이기 때문에 지나간 사실로서 기록해 둘 뿐인 것이다."

그러고는 용기를 내어 페이지를 넘겨 이어서 적었다.

"1890년부터 1950년까지 동학혁명, 한일병합, 광복이라는 격동의 시기, 작은 시골 마을 마산리도 함께 격동하며 그 속에 있었다. 그리고 그 속에 그 시기를 각자의 방식으로 산 마을 사람들이 있었다. 나는 이제부터 그들의 이야기를 하려고 한다. 나는 안다. 내가 알게 된 사실들이 그 시기 전체를 대변할 수 없다는 것, 내가 기록하는 것 중에 사실이 아닌 것이 있을 수도 있다는 것, 아직 알아야 할 것이 많다는 것 그리고 이 모든 사실을 기록하기에 나의 능력이 턱없이 부족하다는 것을. 나는 다만 내가 알게 된 사실들을 최선을 다해 기록하려고 한다. 나는 나라와 민족이 어려운 때, 그것을 자양분 삼아, 그리고 주권을 찾고자 분연히 나선 이들을 자신의 부와 권력을 위해 기꺼이 희생시킨 최대길의 손녀로서 최대길의 증언과 사죄가 이헌영 의사, 이창의 의사, 정인영 의사, 이병선 의사 그리고 이름은 알 수 없으나 격동의 시기를 양심에 따라 최선을 다해 살아 낸 분들에게 조금이라도 닿기를 바란다."

그녀는 진심으로 자신이 기록하는 것이 사람들에게 작은 물음표를 던져 주기를 바라며 지금까지 찾은 자료들, 박기남 선생과 자신의 할아버지 그리고 마을 사람들로부터 들은 사실들을 기록하기 시작했다. 어렵게 시작된 글이었지만 한번 시작하자 글은 스스로 재생산하듯 쉼 없이 쏟아져 나왔다. 종일 책상에 앉아 있던 그녀는 해 질 무렵이 되어서야 자리에서 일어섰다. 발이 저려 제대로 걸을 수 없었다.

그녀는 겨우 기어와 마루 끝에 걸터앉았다. 멀리 마산에 해가 지고 있었다. 마산은 군의 어디서든 보이는 산이다. 그럼에도 이 마을을 마산리라고 하는 이유는 이 마을에서 바라볼 때 마산이 가장 말의 모양을 닮았기 때문이라고 했다. 그녀는 자라면서 마산이 왜 말을 닮았다고 하는지 알 수 없었다. 그저 관광지에서 바위 모양에 이름을 붙이듯 대충 저기가 머리겠거니, 저기쯤이 말 엉덩이겠거니 하여 붙인 지명이라 생각했다. 그런데 지금, 지는 햇빛에 산의 능선을 따라 긴 그림자를 드리운 나무들은, 마치 역광을 받으며 달리는 말의 금빛 갈기 같았다. 그녀는 온종일 작업하느라 침침해진 눈을 양손으로 꾹꾹 누르고 눈을 감았다 다시 떴다. 이번에는 더욱 선명히, 흐릿했던 화면의 초점이 맞아 분명해지듯 마산은 말의 형상으로 변하며 마을 쪽으로 머리를 돌리고 있었다.

6.
양지산

그녀가 횡단보도를 건너고 있다. 그녀는 소매 끝에 베이지 톤의 체크무늬가 배색된 곤색 바바리코트를 입고, 옅은 분홍색 스카프를 둘렀으며, 굽 낮은 단화를 신었다. 얼핏 보면 세련되고 점잖은 차림새다. 그러나 조금만 자세히 보면 그녀의 모든 것은 어딘가 낡아 있었다. 아니 낡았다는 표현은 적당하지 않다. 그녀의 모든 것에는 세월이 있었다. 신발 뒤축은 닳아 수평이 맞지 않았고 그녀가 들고 있는 핸드백은 군데군데 껍질이 벗겨졌다. 헤어 롤러로 말아 힘을 줘 띄운 머리카락은 세월만큼 가늘어져 머리카락 사이로 흰 살이 비쳤다.

세월은 무엇보다도 그녀의 걸음걸이에 가장 많이 묻어 있었다. 그녀가 한 걸음을 뗄 때마다 오른쪽 무릎이 왼쪽 무릎보다 많이 구부려졌다. 관절염으로 절뚝이지 않고는 걸을 수 없었다. 횡단보도의 녹색불이 바뀌기 전에 길을 건너려고 부지런히 걸어 보지만, 걸음은 빨라지지 않고 팔만 허우적거리는 꼴이 되고 만다. 성미 급한 운전자들의 경적 소리에 식은땀을 흘리며 애를 쓴다. 공들인 세련된 차림새는 금세 보잘것없는 노인네의 주책으로 변해 버린다.

버스에서도 세월은 그녀 곁을 떠나지 않는다. 버스 계단을 힘겹게 오르고 나면, 버스는 이만하면 많이 기다려 줬다는 듯 쌩하고 출발해 버린다. 미처 자리를 잡지 못한 그녀는 버스의 속도가 일정해질 때까지 의자를 잡고 엉거주춤 중심을 잡고 섰다가 "할머니 거 위험한데 빨리 앉아요!"라는 버스 운전기사의 채근을 들은 후에야 의자에 앉을 수 있었다.

"휴!"

자리에 앉아 한숨을 뱉어 냈다. 잘 열리지 않는 버스 창문을 낑낑거리며 조금 여니 땀범벅이 된 얼굴에 바람이 훅하고 덮쳐 온다. 그녀는 눈을 감고 바람을 맞는다.

그녀가 이렇게 힘들여 가는 곳은 시장이다. 사십 년을 넘게 장을 보기 위해 이 길을 오고 갔다. 재래시장에는 세월을 덕지덕지 달고 다니는 노인들이 많다. 그녀는 아직 유모차를 밀고 있지도 지팡이를 짚고 있지도 않았다. 그네들에 비하면 그녀에게 쌓인 세월의 두께는 얇다. 시장에 들어서자 집에 온 듯 마음이 놓인다.

"아유 형님은 늙지도 않아. 어찌 그리 늘 고운지!"

"무슨 소리야. 오늘 뭐 좀 좋은 게 있어?"

"오늘은 대구가 물이 좋아요. 가서 서방님 끓여 드리셔."

"아이고 서방님은 무슨!"

빈말인 걸 알지만 듣기 싫지 않다. 그녀는 어물전 생선을 찬찬히 살폈다. 대구는 살아 있는 듯 맑은 눈에 윤이 났다. 하지만 대구는 죽었다. 아무리 반짝반짝 윤이 난다 해도.

"형님! 이거 가져가야지. 돈만 내고 그냥 가믄 어째."

어물전 주인이 검은 봉지를 흔들며 그녀를 부른다.

"아이구 이런! 내 정신이 이렇다니까."

그녀는 웃으며 봉지를 받아 장바구니에 넣었다.

봄장(場)은 나물의 향연이다. 장터를 이리저리 돌아다니며 나물을 구경하는 재미가 좋았다. 돌나물, 두릅, 취나물, 민들레, 비름나물, 망초, 냉이, 돌미나리……. 나물을 구경하면서 그녀는 어릴 적 어머니와 양지바른 들에서 나물 뜯던 때를 생각했다. 나물을 뜯으며 그녀의 어머니는 다 자란 것은 먹을 수 없어도 어린순들은 다 먹을 수 있다고 했다. 크게 의미 있었던 말은 아니었지만 해마다 봄나물을 볼 때면 그 말이 떠올랐다. 그 말은 진달래가 흐드러지게 핀 슬픈 보릿고개에 어린순을 뜯어 자식들 끼니를 챙겨 주시던 어머니의 마음이었다. 콩가루를 묻혀 끓여 주던 엄마의 냉잇국, 나이가 들수록 어린 시절 먹던 것이 그리워진다. 냉이를 한 소쿠리 샀다.

아픈 다리는 그녀가 오래도록 장을 누비는 것을 허락하지 않았다. 그녀는 절뚝거리며 서둘러 버스를 탄다. 버스에 오른 그녀의 눈빛이 불안함으로 흔들린다. "에휴! 집으로 가야지."라고 혼잣말하는 그녀의 한숨이 깊다. 큰 돌이 가슴을 짓누르는 것 같다. 그녀는 털썩 의자에 앉아 창에 시선을 고정했다. 지고 있는 꽃과 연두색 잎이 뒤섞여 달려 있는 나무들이 휙휙 지나갔다. 장바구니에서 비린내가 올라오는지 그녀 옆에 섰던 사람들이 슬금슬금 자리를 피한다. 그녀는 장바구니를 여몄다.

버스가 양지산 앞 정류장에 멈췄다. 양지산은 수채 물감으로 칠한 듯 온갖 봄의 색으로 치장하고 있었다. 버스가 멈춘 동안 그녀의 시선도 양지산에 멈춰 있었다. 마음이 찢어질 듯 아팠다.

'이상하네, 어째서 여기만 지나가면 온 세상이 쿵하고 무너지는 것

같은지!'
 그녀는 왜 마음이 갈기갈기 찢어지듯 아픈지, 그게 언제부터였는지 도무지 기억나지 않았다.

 언덕 위의 집으로 가려면 이삼십 미터 되는 오르막길을 올라야 한다. 무릎은 더 이상 그녀의 몸을 지탱하지 못한다. 집까지 가기 위해 온몸의 뼈와 근육을 써야 했다. 엉덩이는 오른쪽으로 쏠려 삐져나왔고, 오른손으로는 허리를 받치고 왼손으로 장 가방을 들고 절뚝거리며 겨우겨우 걷는다. 가슴에 돌을 얹은 채로. 집으로 가는 길은 시장으로 가는 길보다 훨씬 더디고 힘들다.
 신발을 벗자마자 장 가방을 팽개치고 소파에 무너지듯 주저앉았다. 양말을 벗을 힘도 없었다.
 "아이고 삭신이야."
 "이년아, 밥 줘! 저년이 나를 굶겨 죽이려고 작정을 했구나!"
 안방에서 노인의 악다구니가 들렸다. 노인은 악다구니로는 성에 차지 않는지 문을 쾅쾅 걷어차기 시작했다. 그녀는 눈을 감고 그 소리를 듣고 있었다. 노인의 악다구니 소리는 아직 그녀의 피곤함보다 작다. 한 시간은 지났으려나, 노인의 악쓰는 소리가 작아지고, 그녀의 피곤도 작아졌다. 그녀는 허리를 받치고 천천히 일어나 작은방으로 갔다. 작은방 환자용 침대에는 그녀의 남편이 누워 있다. 남편은 몸을 거의 쓰지 못한다. 말도 겨우 한다. 방문을 열자 견딜 수 없는 냄새가 코로 훅 들어온다. 지린내, 땀내, 오징어 썩은 내, 오래된 이불에서 나는 쾌쾌한 내, 간장 달이는 내, 오랫동안 씻지 않은 발꼬랑내…….

이 모든 것들을 뒤섞어 놓은 냄새다.

그녀는 창문을 열어젖힌다. 방 안의 온갖 냄새들도 방주인처럼 늙어 있었다. 늙은 냄새들은 느리게 창 쪽으로 날아가 겨우겨우 창턱을 넘는다. 그리하여 냄새는 쉬이 빠지지 않는다. 오줌통을 비워 씻고 욕창이 나지 않도록 남편을 돌려 눕힌다.

"배고파요? 좀 기다려요. 저 노인네 먼저 밥 좀 주고."

장거리로 서둘러 저녁을 차린다. 음식 냄새를 맡은 노인은 더 크게 소리를 지르기 시작한다.

"아이고 배고파 죽네!"

노인의 방은 밖에서 잠겨 있다. 그녀는 자물쇠를 풀고 방문을 연다. 노인이 그녀의 머리채를 잡아챈다.

"이거 놔요! 그래야 밥을 드리지!"

그녀는 머리채가 잡힌 채 노인을 노려본다. 노인은 슬그머니 손에 힘을 뺀다.

"으이구, 화장실에서 좀 해요. 화장실 저기잖아, 응! 응!"

그녀는 바닥에 오줌을 닦다 말고 안방에 달린 화장실에 삿대질을 해 댔다. 노인을 화장실로 데려가 씻긴다.

"아프다구! 이년이 나를 죽이려고 하네!"

노인이 밀치는 바람에 그녀는 뒤로 나자빠진다. 백 살을 바라보는 노인네가 어디서 그런 힘이 나는지, 저 상태로 백 년을 더 사는 게 아닐까 싶을 정도로 노인은 몇 년째 더 늙지도 않고 힘도 그대로였다. 변하는 것이 있다면 점점 포악해지는 성격뿐이었다. 그녀는 노인을 노려보다 일어나 마저 씻긴다. 방을 대충 훔친 후 밥상을 내왔다. 노인은 게걸스럽게 먹어 치운다. 변하는 것이 하나 더 있다. 식욕이 점점 더 왕성해지고 있다. 배를 채운 노인을 방에 두고 다시 자물쇠를 채운다. 그녀는 노인이 미웠는데, 왜 미운지 이유를 알 수 없었다. 고단했던 시집살이, 치매 걸린 노인의 패악질과 독설, 매일 돌봐야 하는 노동의 피곤함을 넘어서는 어떤 미움이 있었다. 살기가 느껴질 때도 있었다. 노인을 방에 가둬 두는 것은 그 미움 때문이기도 했고, 치매 걸린 노인이 헤집고 다니며 어지럽히는 집을 치우기 버거워서이기도 했다. 늙은 그녀에게는 안방과 남편이 있는 작은방을 치울 수 있는 만큼의 체력이 남아 있을 뿐이었다. 언젠가 더 늙어 버려 그녀의 체력이 작은방만 해지면 노인네 셋이 작은방에서 지내야 할 것이다.

"아이고."

땀을 비 오듯 흘리며 그녀는 다시 소파에 무너진다.

"내가 뭘 하려고 했지?"

한참을 소파에 누웠던 그녀가 일어나 눈을 뜨고 멍하니 앉아 있다. 무엇을 하려고 했는지 기억하려 애쓰며 앉았는데 작은방에서 웅얼거리는 소리가 들렸다.

"아 맞다. 이런 내 정신 좀 봐. 배고파요?"

그녀의 남편이 눈을 껌벅였다. 침대의 레버를 돌려 남편의 상체를 세우고 발린 대구 살을 밥과 함께 국에 말아 남편의 입에 떠 넣는다.

"미안……."

"어이구 하루 이틀인가! 에휴, 이러다, 정 힘들면 우리 다 같이 죽읍시다. 내가 저기 경대 서랍에 약도 준비해 뒀어. 왜요? 거짓말 같아요? 나는 내 자식들한테 이 짐이 가는 게 무서워. 어떻게든 나한테

서 끝내야지."

남편은 말없이 밥을 받아먹는다. 빈말이 아니었다. 시어머니의 치매가 심해지고, 몇 해 전 그녀의 남편이 중풍으로 쓰러졌을 때부터 약은 경대 서랍에 들어 있었다. 뭐 하나 제대로 해 주지도 못한 자식들에게 이 집을 넘기고 싶지 않았다.

"그런데 희한해요. 저기 양지산 있잖아요. 거기 앞만 지나면 가슴이 미어져요. 아무리 기억을 하려고 해도 아득하니 기억이 나질 않아요."

밥을 씹던 남편이 놀라 쳐다본다.

"기, 억, 이 안 나?"

남편은 오랫동안 그녀를 봤다.

"그렇다니까요. 희한하지."

그녀는 두 사람의 저녁 식사와 시중이 끝난 후에야 식탁에 앉아 허겁지겁 밥을 먹는다. 전화벨 소리, 서울 사는 아직 결혼을 하지 않은 막내다. 엄마는 멀쩡하고, 아빠도 그만그만하다. 요즘 들어 할머니는 얌전하다. 아무 걱정 말고 잘 챙겨 먹고 항상 조심하라고 당부한다.

그녀는 식탁의 음식을 그대로 두고 거실 한가운데 누웠다. 바닥이 서늘했다. 다리가 욱신거리고 허벅지 뒤 근육이 오그라드는 것 같다.

째깍째깍.

시계 초침 소리가 거실을 가득 채운다.

이 집은 처음 지어졌던 삼십 년 전의 모습 그대로다. 작은 회사에 다니는 그녀 남편의 월급을 알뜰히 모아 지은 집이었다. 당시에는 마을에서 신식에 속하는 집이라 동네 사람들이 구경을 오곤 했었다. 그러나 삼십 살이 된 집은 모든 것이 낡아 버렸다. 어두운 체리 나무로 된 천정과 문, 때가 꼬질꼬질한 벽지, 다섯 개 중 하나만 켜지는 먼지 쌓인 거실 등, 낡은 소파, 소리 나는 냉장고…….

장에 다녀와 현관문을 닫는 순간 삼십 년 전의 집 속으로 들어오게 된다. 현관문을 경계로 시간이 멈춘 듯 고립된 공간이다. 삼십 년 전의 집에, 그때보다 삼십 살을 더 먹은 세 노인이 살고 있다. 그녀는 문득 이 집이 세 노인의 무덤 같다는 생각이 든다. 그런 생각을 하자 마음이 평안해진다. 그녀는 없는 집 장녀로 태어나 중학교를 마치고 방직 공장에서 일을 하다 결혼을 했다. 딸 셋을 키우며 시집살이하기를 오십여 년, 십 년 전 시어머니가 치매를 앓기 시작하면서 그녀의 삶은 더욱 고단해졌다. 그녀는 고단함에서 벗어날 수 있는 방법은 죽음뿐이라고 생각한다. 언젠가 죽을 수 있다는, 그 죽음을 앞당길 신비의 약을 가지고 있다는 것에 안도하며 눈을 감는다.

'정 안되면…….'

아침부터 이상했다. 머리가 그렇게 맑을 수가 없었다. 그녀는 콧노래를 부르며 장에 갈 준비를 했다.

"뭐 먹고 싶은 게 있어요?"

그녀는 살짝 들뜬 목소리로 남편에게 물었다. 그런 그녀를 남편은 물끄러미 바라봤다.

"기, 기억이 안 나? 오늘이, 오늘이 무, 무슨……."

"왜요? 오늘이 무슨 날이야? 제산가? 아무 날도 아니구먼, 내가 나가는 게 싫음 싫다고 해요."

"……."

다리는 여전히 절뚝거리고 있었고 걷는 속도가 빨라진 것도 아닌데 통증이 없었다. 그녀는 40대가 된 듯 봄바람을 느끼며 장 구경을 했다. 그런데 며칠 전에 갔던 어물전이 보이질 않았다. 그녀는 어물전을 찾아 헤맸다. 같은 자리를 뱅뱅 돌던 그녀는 문득 주위를 둘러봤다. 분명 익숙했던 곳이었는데 아는 얼굴이 없었다. 모르는 사람들이 그녀에게 인사를 했다.

'누구더라?'

머리가 깨질 듯이 아팠다. 이곳은 낯선 곳이었다.

'여기가…….'

어딘지 도무지 기억이 나질 않았다. 그녀는 장터 한가운데 서서 그곳이 어딘지 기억하려 애썼다. 그럴수록 정신은 독한 감기약을 먹은 듯 아득했다. 사람들 말소리도 웅웅거릴 뿐 뜻을 알 수 없었다. 그녀는 엄마 손을 놓친 아이처럼 두려움에 휩싸여 그 자리에 얼어 버렸다. 그런 그녀의 눈에 길 건너 한 남자가 보였다.

'저 양반이 여길 어떻게…….'

남편 같았다.

"이봐요!"

남편을 부르며 길을 건너려 서둘렀지만 마음처럼 다리가 움직이질 않았다. 급정거한 차들이 경적을 울리고 욕을 해 댔지만 그녀에게는 들리지 않았다.

"이봐요!"

길 건너 남자가 버스에 탔다. 절뚝거리며 길을 건넌 그녀는 남자를 따르려고 때마침 도착한 버스에 올랐다. 버스가 양지산을 지날 때였다. 남자가 산 입구 쪽으로 걷고 있었다.

"세워요, 아 얼른 세워요!"

그녀는 일어서 버스 창을 탕탕 쳤다. 버스가 화가 난 듯 멈춰서는 바람에 뒤로 나자빠졌다.

"아이고 저런! 할머니 괜찮으세요?"

부축을 받고 일어선 그녀는 버스에서 내려 양지산 쪽으로 걸었다. 몇십 미터 앞서 가는 남자는 보일 듯 말 듯 잡히질 않았다.

양지산은 구름에 겹겹이 둘러싸여 있었다. 햇살 서너 줄기가 구름을 뚫고 산등성이에 꽂혔고, 안개가 피어올라 구름과 닿아 있었다. 안개 때문에 정상이 보이지 않는 산은 그 높이를 가늠할 수 없어 하늘과 이어진 듯 보였다. 그녀는 남자를 찾아 점점 더 깊이 산속으로 들어갔다. 멀리 남자의 뒷모습이 보였다. 남자는 길이 아닌 곳을, 가시덤불이 우거진 나무들 사이를 연기처럼 통과하며 느리게 움직이고 있었다. 남자는 걷고 있지 않았다. 남자는 바람처럼, 아지랑이처럼 공간을 지나치고 있었다. 그녀는 나무뿌리에 걸려 넘어지고 일어나고를 반복하며 남자를 쫓으려고 애를 썼지만 남자와의 거리는 좁혀지지 않았다. 그러다 앞서가던 남자가 멈춰 섰다.

"이봐요 당신이에요?"

남자는 아무 말이 없었다.

"이봐요, 이봐요!"

남자가 돌아섰다. 눈앞에 있으나 그녀의 눈은 남자의 형체를 잡을 수 없고 실루엣만 겨우 잡혔다. 남자의 실루엣은 점점 작아지더니 연기가 흩어지듯 사라졌다. 남자가 섰던 자리에 작은 무덤이 보였다. 무덤은 너무 작아서 흙무더기처럼 보였다. 진분홍의 철쭉이 무덤을 둘러싸고 있었다.

"악!"

멍한 눈으로 무덤을 보던 그녀는 무너지듯 주저앉았다.

한참을 멍하니 앉았던 그녀가 옷이 해지도록 가슴을 쥐어뜯다가 무덤을 보며 영문 모르는 곡소리를 해 대기 시작했다.

"아이고! 아이고!"

그녀는 무덤으로 기어갔다. 두 손으로, 무릎으로 기었다. 돌과 풀에 쓸려 무릎에서 피가 났지만 그녀는 고통을 느끼지 못했다.

"아이고! 아이고! 아이고오!"

곡소리는 길었다.

"아이고오! 아이고오! 아가야! 내 아가야!"

오랜 곡소리 끝에 말문이 터지듯 터져 나왔다. '아가야' 소리가 입 밖으로 나오자 곡소리가 멈췄다. 그녀는 작은 봉문을 끌어안고 소리 없이 온몸으로 흐느꼈다.

"아가야, 응, 엄마 왔다. 아이고, 불쌍한 내 아기, 엄마 젖도 제대로 물어 보지 못한 불쌍한 것!"

그녀는 울음을 삼키고, 아기의 머리를 쓰다듬듯 무덤을 쓰다듬으며 조심스럽게 풀을 뽑았다. 한 가닥 한 가닥, 그녀는 아이의 머리를 빗기듯 소중하게, 천천히 풀을 뽑았다. 그사이 해는 산을 넘어가고 있었다. 산이 어둑어둑해졌다. 풀을 다 뽑고 난 그녀의 손에 피가 맺혀 있었다. 그녀는 피가 난 손으로 무덤을 꾹꾹 누르며 말했다.

"아가야, 엄마가 정신이 어떻게 됐다. 네 기일도 잊고, 이렇게 빈손으로 왔다. 엄마가 이제 네 곁으로 갈 때가 됐나 보다."

그녀는 이 말 끝에 긴 숨을 뱉어 내며 먼 하늘을 바라봤다.

"엄마가 가면 이 못난 엄마를 만나 줄 텐가."

산을 내려온 그녀는 다리를 절룩이며 집을 향해 걸었다. 40여 년 전 아이를 묻고 이 길을 걸었을 그녀의 남편처럼. 인도가 없는 도로변을 걷는 그녀가 찻길로 발을 들여놓을 때마다 지나는 차들이 경적을 울려 댔다. 그녀에게 경적 소리는 이제 이 도로는 너의 세상이 아니라는, 물러나라는 소리로 들렸다. 그녀는 멍하니 경적을 울리는 차를 보고 섰다 다시 걸었다. 하루 동안의 일이 도무지 기억이 나질 않았다. 아침부터 어디를 갔던 것인지, 어떻게 아기의 무덤까지 가게 된 것인지, 어째서 평생을 잊지 않고 찾았던 아기의 기일을 잊었던 것인지…….

자신에게도 올 것이 왔다는 생각, 이제 정말 끝낼 때가 되었다는 생각, 죽으면 아기를 다시 품에 안아 볼 수 있을까 하는 기대, 참 오래 살았다는 생각, 그녀는 다리 아픈 것도 느끼지 못하고 달리는 차들 옆을 절룩이며 느리게 걸었다. 그녀는 차들이 달리는 넓고 반듯한 도로 위의 세상과 자신이 절룩이며 걷고 있는 도로 옆의 좁은 길이 다른 세상같이 느껴졌다.

스물둘에 시집을 와서 내리 딸 셋을 낳았다. 가난한 친정을 둔 며느리를 못마땅해하던 시어머니는 그녀가 딸을 낳을 때마다 아픈 소리를 해 댔다.

"딸년들 키워 봐야 어디다 쓰누, 어디 남의 집에 줘 버리던지."

서른에 그녀는 네 번째 딸을 낳았다. 아기는 울음소리가 유난히 작았다. 딸이라는 소리를 듣고는 숨소리도 내지 못했다. 시어머니는 "어이구, 내 팔자야. 어디서 저런 것이 들어와 대를 끊어 놓네."를 연발하며, 혀를 끌끌 차고, 그릇을 패대기치다, 급기야 성에 차지 않는지 그녀가 몸을 푼 방문을 벌컥 열어젖히고 들어왔다.

"남의 집 대를 끊어 놓고 무슨 낯짝으로 누웠어! 죽든 말든 젖도 물리지 마라!"

어린 핏덩이를 찬 윗목으로 밀어 버렸다. 그녀는 시어머니의 서슬에 아기를 안지도 못하고 울고만 있었다. 한 시간쯤 지났을까? 아기의 작은 울음소리가 잦아들기 시작했다. 그녀는 정신이 번쩍 들었다. 그녀가 아기를 안으려 하자 시어머니가 그녀를 막았다.

"어머니 제발요!"

아기의 울음소리가 멈췄다. 시어머니를 밀치고 아기를 안았다. 아기는 파랗게 질려 있었다.

그녀는 아직 하혈이 멈추지 않은 몸으로 아기를 안고 밖으로 나와 뛰었다. 동네 어귀에서 퇴근하던 남편을 만났다.

"여보! 아기가, 아기가!"

그녀의 남편이 아기를 받았다.

"아니 왜?"

"여보, 우리 아기, 우리 아기."

"당신은 집으로 가요. 내가 병원에 다녀오리다."

남편은 아기를 안고 택시를 잡기 위해 뛰었다. 그녀는 하혈을 하며 넋이 나간 채 길가에 앉아 있었다. 남편은 오지 않았다.

새벽녘에 남편이 길 저쪽에서 터벅터벅 걸어오고 있었다. 그녀는 기듯이 남편에게 갔다.

"아기, 아기는요?"

"여태 이 몸을 해 가지고 여기에."

남편이 그녀를 안았다.

"아기는요?"

"여보, 아기는······."

남편은 아기가 폐가 약하게 태어나 살기 힘들었다고, 어쩔 수 없었다고 했다.

"내가 아기를, 내가 아기를 죽였어요!"

그녀는 의식을 잃고 쓰러졌다.

마을에 도착했을 때는 이미 초승달이 하늘을 반 바퀴 돈 새벽녘이었다. 달빛을 받은 흰 구름은 검은 하늘에 선명했으며 별들은 새벽바람 속에서 반짝이고 있었다. 그녀는 동네 개들이 깰까 관절에서 나는 소리조차 조심하며 길을 걸었다. 집 마당에 들어선 그녀가 주위를 둘러보았다. 먼지 쌓인 장독대, 새로 올라오는 새싹과 지난해 덤불이 뒤섞여 있는 화단, 걷지 않은 빨래, 언제 걸어 놨는지도 모르는 바스라질 것 같은 시래기 다발······. 달빛이 비치는 마당은 연극 무대 같았다. 현실과 단절된 무대. 그녀는 이 무대 위에서의 자신의 오십여 년을 떠올렸다. 매일 같은 시간, 같은 동선으로 밥을 짓고, 청소를 하고, 빨래를 널고 걷고, 장독대를 오가고, 텃밭을 가꾸며 그렇게 살았다. 그 반복되는 연극 속에서 자신은 주인공이 아니었다. 등장인물이라기보다는 오히려 무대 배경에 가깝지 않았나 하는 생각이 들었다.

'아! 참 한결같이 그렇게 살았구나!'

생을 마감하려는 순간 자신의 삶을 되돌아보며 새삼 답답함을 느꼈다.

그녀는 생애 처음 마지막 장면을 자신의 의지로 완성하려는 배우처럼 자신의 행동 하나하나를 의식하며 천천히 마당을 가로질러 걸었다. 냄새로 가득한 집 안은 고요했다. 정신이 없던 그녀가 미처 잠그지 못했던 안방 문이 열어젖혀 있었고 거실은 온갖 물건들과 배변이 바닥에 가득했다. 그녀는 남편이 있는 작은방으로 갔다. 작은방에는 핏기 없는 얼굴의 두 노인이 끌어안은 채 누워 있었다. 그녀의 시선이 열린 경대 서랍에 멈췄다. 몸을 쓰지 못하는 남편이 어떻게 해서 서랍을 열어 약을 먹었는지, 노인이 여기저기 뒤지다 나온 약을 아들과 나눠 먹은 것인지 알 수 없는 일이다. 그녀는 무표정한 얼굴로 오랫동안 남편의 얼굴을 보며 앉아 있었다.

"우리는 잘 살았을까요? 사는 동안 무얼 했는지 기억이 안 나요. 자식들 키우고, 시부모 모신 것밖에는. 그때 뭐가 그리 무서워서 갓 태어난 내 새끼에게 젖도 못 물리고 울고만 있었을까요? 이렇게 아무것도 아닌 인생인 것을. 그때만 생각하면 내가 병신 같아서 견딜 수가 없었어요."

그녀는 한쪽 손으로 방바닥을 짚으며 창문 밑 경대 쪽으로 몸을 밀었다. 남은 약을 주머니에 넣은 후 남편을 돌아보며 말했다.

"당신은 여기 당신 엄마 옆에 있어요. 나는 내 새끼한테 가요. 불쌍한 내 아기!"
 그녀는 두 노인의 곁을 지나 냄새가 가득한 거실과 연극무대 같은 마당을 지나 대문을 나섰다. 잠에서 깨어난 동네 개들이 시끄럽게 짖어 댔다. 그녀는 절룩거리며 비탈길을 내려갔다. 내려가는 길은 금방이었다.
 도로 위에 선 그녀는 밤새 걸어왔던 길을 되돌아 걷기 시작했다.
 떠오르기 시작하는 해는 순풍이 되어 절룩이며 걷고 있는 그녀의 등을 밀어 주었다.

7. 어둔리로 가는 길

1.

한 시간이다. 한 시간 안에 모든 것을 마치려면 서둘러야 한다. 모두 점심을 먹으러 가는 시간, 그녀는 옷 가방을 들고 화장실로 잰걸음을 옮긴다. 좁은 화장실 안에서 서둘러 옷을 갈아입는 그녀의 이마로 땀이 맺히기 시작한다.

'아 이런 브래지어.'

서둘러 입었던 윗옷을 다시 벗고 운동용 속옷을 찾아 입는다. 산에 오르는 동안 흐른 땀 때문에 샤워를 해야 했지만 그럴 처지가 되지 않아 속옷이라도 갈아입어야 했다. 몸에 배어난 땀 때문에 등으로 말려 올라간 옷이 잘 내려오질 않는다. 손을 뒤로하여 옷을 끌어 내리려고 낑낑대다 보니 어깨에 담이 올 지경이다.

서두를수록 더뎌진다.

화장실에서 혼자만의 사투를 벌인 후 그녀는 서둘러 보건소 뒷문을 빠져나온다.

보건소 뒤편 나무 울타리 사이를 지나 10여 미터 정도 길이 아닌 곳을 따라가면 동네 주민들이 이용하는 등산로가 나온다. 그녀는 주머니에서 마스크와 모자를 꺼내 쓴다. 이제 옆자리에 앉은 직원을 바로 앞에 맞닥뜨린다 해도 그녀를 알아볼 수 없으리라. 그녀는 변장에 가까운 복장을 갖추고 나서야 비로소 느긋해진다.

 허름한 등산복과 마스크와 모자에 자신을 숨기고 나면 자유로움의 외침 대신 숨을 크게 뱉어 낸다. 사람들의 시선을 피해 숙이고 다니던 고개도 들게 되고, 구부정했던 등도 펴진다. 그녀의 자세는 등을 펴다 못해 일부러 배를 내밀고 걷는 것처럼 보일 지경이 된다. 한껏 오만한 걸음걸이로 주변을 찬찬히 둘러보며 걷는 모습은 우습기까지 하다. 등산로를 걷는 그녀는 마실 나온 동네 할머니처럼 느긋하다. 이 느긋함을 보장받기 위해 화장실에서 홀로 사투를 벌인 것처럼.

 봄이 끝나 가는 숲은 연두에서 짙은 녹음으로 가는 중간쯤의 색이다. 한낮, 나뭇잎 사이로 들어오는 햇살과 버무려진 숲의 녹색 빛이 그녀의 시선을 사로잡는다. 그녀는 봄 햇살을 막아서는 녹색의 나뭇잎과 그 사이를 기어이 비집고 들어와 어른대는 빛을 한참동안 바라본다.

 '저걸 무슨 색이라고 해야 하나……. 악마의 색?'
 그녀는 어디선가 녹색은 사람을 끌어당기는 악마의 색이라고 한 것이 기억났다. 저리 예쁜 것을 악마의 색이라니, 그녀는 도리질을 하고 다시 걷기 시작한다.

 구불구불한 숲길은 먼 데까지 보이지 않는다. 딱 한 굽이씩만 보인다. 한 굽이를 돌고 나면 다른 풍경이 펼쳐지고, 다음 굽이가 궁금해져서 또 한 굽이를 돌고 나면 또 다른 풍경이 펼쳐진다. 숲의 오솔길은 그렇게 자꾸만, 자꾸만 그녀를 끌어당겼다.

여러 산굽이 중에 그녀의 발길을 가장 오래 붙잡는 곳이 있었다. 그곳은 아름드리나무와 칡덩굴이 우거져 거의 온종일 그늘이다. 길가의 고비 풀 아래로 부드러운 솔이끼가 융단처럼 깔려 있으며 군데군데 피어난 갈색, 흰색의 윤기가 도는 버섯들은 숲의 요정이 사는 집처럼 보였다. 그녀는 이 굽이에 이르면 바람을 맞는 방향으로 두 팔을 벌리고, 고개를 젖히고 선다. 그 자세로 부드럽게 얼굴을 간지럽히는 바람과 햇살에 자신을 내어주고 한참 동안을 서 있는다.

짙은 그늘 속에서 나뭇잎 사이의 햇빛은 바닥까지 닿지 못하고 별빛처럼 반짝이다가 이내 사라졌다. 그녀는 이대로 잠들어 버린다면 백 년쯤 단잠을 잘 수도 있겠다 생각하며 눈을 감는다.

이곳에서 그녀를 출발시키는 것은 사람들의 인기척이다. 인기척이 느껴지면 그녀는 다시 좀 전의 오만하고 태만한 걸음걸이로 돌아간다. 어디까지 갔다 와야겠다는 목표도 없이, 반 시간쯤 걸어 올라가다가 반 시간쯤을 걸어 내려온다.

2.

집 근처의 2년제 대학을 나온 그녀는 집에서 삼 년을 빈둥거렸다.

가족들이 아침을 먹고 각자의 학교와 일터로 간 후 집이 조용해지면, 그녀 어머니의 표현을 빌자면, 방구석에서 기어 나왔다. 식구들이 먹다 남긴 밥상에서 늦은 아침을 한술 뜨고 다시 방구석으로 기어들어 갔다. 그녀는 방바닥에 누워 라디오를 듣거나 손에 잡히는 책을 아무 데나 펼쳐 읽거나 했다. 그도 귀찮으면 온종일 잠을 잤다.

저녁 무렵이 되면 다시 기어 나와 아침에 먹은 밥상에서 이른 저녁을 한술 떴다. 저녁을 미리 먹어 두어야 가족들과의 저녁 식사 자리를 피할 수 있었다. 저녁을 먹은 후 설거지를 했다. 설거지는 그녀가 하는 유일한 노동이었다. 모든 것이 귀찮은 그녀가 설거지를 하는 이유는 어머니의 잔소리를 듣는 것이 더 귀찮기 때문이기도 했고, 대학까지 졸업한 딸을 두고도 공장에 일을 다니는 어머니에 대한 일말의 미안함 때문이기도 했다.

설거지를 마치면 마당으로 나와 서성거렸다. 팔을 앞뒤로 휘저어 보고, 목도 돌려 보았다. 그것이 딴에는 운동이었다. 마당을 서성거리다, 저녁 무렵이 되면 현관으로 올라가는 계단에 앉아 해가 지는 하늘을 바라보았다.

하늘은 날마다 다른 모양을 하고 있었다. 지는 햇빛이 새털구름에 번져 온통 하늘이 붉은 금색인 때도 있고, 뭉글뭉글한 구름 사이에서 천지창조의 빛처럼 주황빛이 직선을 그리며 내리꽂히듯 지상으로 향하는 날도 있었다. 구름이 잔뜩 낀 날은 층층이 쌓인 구름들이 서로 어긋나게 움직이는 것을 넋을 놓고 보다 현기증이 일기도 했다. 그녀는 구름을 보며 투명 인간의 옷처럼, 구름은 바람의 옷이 아닌가 생각했다. 구름을 보면 바람이 어디로 이동하는지, 천천히 가는지 빠르게 가는지가 보였다. 가장 볼 것 없어 심심한 날은 구름 없이 하늘이 깨끗한 날이었다. 깨끗한 하늘은 어디에다 시선을 두고 보아야 할지 알 수 없어서 여기저기 시선을 돌리다 이내 자리를 털고 일어났다.

가족들이 집으로 돌아올 시간이 되면 그녀는 서둘러 저녁 운동을 마치고 방구석으로 기어들어 갔다. 그리하여 가족들은 그녀의 얼굴을 거의 보지 못했다. 저녁 식사 시간에도 아무도 그녀를 찾지 않았다.

이런 그녀를 보다 못한, 아니 견디다 못한 그녀의 아버지는 아는 인맥을 모두 동원해 그녀를 보건소 계약직으로 밀어 넣었다.

이미 치밀하게 짜인 공장의 생산 라인에 역할도 없이 툭 던져진 인부처럼 그녀는 어디에도 끼지 못하고 6개월을 지내고 있었다. 보건소에서 그녀가 하는 일이란 복사, 분리수거, 컵 씻기 같은 허드렛일이다. 그녀가 내일 당장 출근을 안 한다 해도 난 자리를 아무도 알지 못하는 그런 존재다.

학창 시절도 그랬다. 한 학기가 다 가도록 선생님들은 그녀의 이름을 알지 못하는 경우가 많았고 그녀가 누구인지를 아는 친구도 몇 되지 않았다.

그런 그녀에게 직원들과 어울려 점심을 먹는 일은 고역이었다. 그녀는 대화의 어느 시점에서 끼어들어야 하는지를 알지 못했다. 학창 시절부터 사람들과 함께 하는 식사 자리를 견디는 그녀만의 방법으로 식사 시간을 견디고 있었다.

'멸치볶음을 먹은 다음에는 김치를 먹자. 김치를 먹은 다음에는 국을, 다음에 무엇을 먹지? 두부조림 양념은 무엇이 들어갔나?'

음식에만 시선을 둔 채 오직 음식에만 집중하며 밥을 먹다 보면 대충 시간이 지나갔다.

그조차도 어려울 때가 많아 식사를 거르기 일쑤였다.

배가 아프다는 핑계를 대고 점심 식사에 빠지고 텅 빈 사무실에 앉아 있던 어느 날이었다. 창밖에서 할머니 두 분의 웃음소리가 들렸다. 깔깔거리는 웃음소리가 경쾌하여 눈으로 할머니들의 모습을 따랐다. 잠시 후 보건소 뒤편으로 돌아간 할머니들이 눈 깜짝하는 사이 사라졌다.

'보건소 뒤로는 길이 없는데.'

그녀는 할머니들이 지나간 흔적을 찾아 뒤따랐다. 길도 없는 풀숲을 헤치고 가다 보니 마술처럼 좁은 등산로가 나타났다.

4월 말, 연둣빛이 가득한 숲길은 어디선가 금방 요정이 튀어나올 것 같았다. 흐드러지게 핀 진달래와 양지꽃, 꽃마리, 아직 지지 않은 작은 별꽃이 산을 수놓고 있었다. 어느새 그녀는 실내화를 신은 채로 좁은 숲길을 따라 걷고 있었다. 다음 날로 그녀는 엄마의 낡은 등산화와 등산복을 챙겨 와 점심시간의 비밀스러운 산책을 시작했다.

출근길, 보건소 뒤편의 안개에 잠긴 산을 보면, 어서 그 속으로 들어가 숨고 싶은 마음이 간절했다. 숲 안에 있을 때는 사람들의 시선으로부터 안전했고, 평온했다.

3.

"아빠 나 학교 갔다 올게, 토스트 했어. 일어나서 아침 꼭 먹어."
"응 미안 아들, 학교 잘 갔다 와. 아빠가 저녁에 비빔밥 만들어 줄게."

올해 초등학교 4학년이 된 그의 아들은 야간 근무 후 새벽에 퇴근한 아빠의 아침까지 챙겨 놓을 정도로 훌쩍 커 있었다.

엄마의 얼굴도 모르는 채로, 직업군인인 아빠와 함께 살며 또래보다 조숙한 아이는 늘 그의 마음을 아프게 했다.

아이의 엄마는 어느 날 갑자기 사라졌다.

어느 날, 퇴근 후 늦은 저녁을 먹는 그에게 그녀는 흐릿한 눈빛으로 말했다.

"이제 쉬고 싶어. 사람들 속에 있는 것이 힘들어."

"당신은 물고기야? 사람이 아닌 것처럼 말하네."

대수롭지 않게 그녀의 말을 받으며 그녀를 보았을 때, 그녀의 눈빛이 그를 지나쳐 뒤의 누군가를 보는 듯해 그는 뒤를 돌아보았다. 그녀는 언제부턴가 그의 눈을 보고 말하지 않고 허공을 보고 말을 했다. 아니 허공이든 무엇이든 아무것도 보는 것 같지 않았다.

다음 날 퇴근 무렵 어린이집에서 전화가 왔다.

"재민이 아버님, 재민이 어머니께서 재민이를 데리러 오시지 않았어요. 전화도 안 받으셔서 아버지께 전화드렸어요."

"네 알겠습니다, 죄송합니다. 제가 곧 가겠습니다."

그날 아내는 늦도록 집에 오지 않았다.

그게 마지막이었다. 그녀는 증발해 버렸다. 창문에 맺혀 있던 물방울이 해가 뜨고 흔적조차 없이 사라지듯, 그렇게.

그는 그녀가 사라진 후 일 년을 그녀를 찾아 헤맸다.

사람들과 있는 것이 힘들다고 했으니 사람이 가지 않을 만한 곳으로, 이름 없는 암자와, 산골짜기와, 작은 항구들을 모두 돌았다.

그가 미친 듯이 아내를 찾아 헤매는 동안, 아이는 24시간을 돌봐주는 어린이집에 맡겨 두었다. 늦은 밤 아이를 데리러 갔을 때 아이의 얼굴에는 눈물 자국이 남아 있었다. 등에 업힌 아이는 집으로 오는 내내 그의 목을 꽉 안고 놓지 않았다. 그날 그는 잠자는 아이의 얼굴을 오래도록 들여다보며 앉아 있었다.

그리고 다음 날, 그는 아내를 찾는 일을 그만두었다.

마치 아무 일 없었다는 듯이 직장에 복직하고, 하루를 시간 단위로 계획해 냉장고에 붙여 놓고 체크하며 그렇게 일상으로 돌아왔다.

퇴근 후면 어린이집에서 아이를 데려와 밥을 먹이고, 청소와 빨래를 하고, 동화책을 읽고 함께 놀았다.

아이가 잠들어 아이의 소리가 사라지면 집 안은 더할 수 없이 적막했다.

그는 텅 빈 거실에서 불을 끄고 우두커니 앉아 있었다. 창문으로 들어오는 가로등 불빛은 꺼져 가는 촛불 같던 그녀의 눈빛처럼 희미했다.

술 없이는 잠을 청할 수 없는 날들이었다.

그녀는 왜 갑자기 사라진 것일까?

스물하나라는 어린 나이에 아이를 낳은 그녀는 산후 우울증에 시달렸다. 한동안은 아이를 쳐다보지도 않았다. 그러나 목도 가누지 못해 흐느적거리던 아이가 목을 가누고 제법 아이의 모습을 갖추기 시작하면서 산후 우울증은 나아지는 듯했다.

그녀가 사라지고 그녀의 흔적을 수소문할 때 직장에서도, 이웃에게도, 친구들에게도 아무 이야기도 들을 수 없었다. 비록 고아였지만 대학도 다니고 직장 생활도 했던 그녀인데 어디에도 그녀에 대해 아는 사람이 없다는 것을 그는 이해할 수 없었다. 문득 그는 자신이 알던 그녀가 그녀가 아닐지도 모른다는 생각을 했다. 또 그녀는 원래부터 없었던 사람이 아닐까 싶기도 했다. 미치도록 견딜 수 없을 때는 그녀가 바람이 나서 야반도주를 했을 것이라고 생각을 몰았다.

그는 지난해 작은 어촌 마을의 해군 부대로 자원했다.
이곳은 집을 며칠씩 비워야 하는 훈련이 거의 없는 대신 일주일에 한 번 야간 근무하는 날을 제외하면, 나머지 날은 출퇴근 시간이 일정해 아이를 돌보기 좋은 조건이었다.
그는 아이가 구워 놓은 토스트에 쓴 커피 한 잔으로 아침을 대신했다. 집 안을 대충 정리한 후 흰색 티셔츠에 베이지색 반바지 운동복을 챙겨 입었다. 모자를 쓰고, 감청색의 등산용 손수건도 목에 둘렀다.
딱히 만날 사람도 없는 시골에서 야간 근무 다음 날 느지막이 일어나 집 근처의 산에 오르는 일이 습관처럼 되었다. 산은 경사가 가파르지 않아 그는 가볍게 러닝하는 기분으로 경쾌히 산을 올랐다. 산에 오를수록 산 아래의 마을은 인형 마을처럼 작아졌고, 나무 사이로 푸른 동해의 수평선은 그가 오른 산의 높이만큼으로 보이다 그가 산에서 내려가면 수평선의 높이도 함께 낮아졌다.
산을 내려갈 때, 바다에서 불어오는 바람에 대고 큰 숨을 쉬면 가슴속에 맺힌 무언가가,
답답함이,
그리움이,
내뱉어져,
바람결에 사라지는 듯했다.
초봄의 산에는 뱀이 많았다. 좁은 등산로에 떡하니 가로로 누워 움

직이지 않는 놈도 있었다. 원래 그 녀석의 자리겠거니라고 생각했다. 그는 뱀을 건드리지 않고 보폭을 넓게 하여 건너뛰었다.

'허 재미있는 사람이네!'

두어 달 전부터 그가 산을 오르다 보면 매번 비슷한 시간, 같은 장소에서 마주치는 사람이 있었다. 아주머니인지, 할머니인지 구분이 안 될 정도로 꽁꽁 싸매고 있었다. 그녀는 어느 날은 숲 바닥의 이끼를 쓰다듬고 있고, 어느 날은 팔을 날개처럼 뒤로 젖히고 하늘을 쳐다보고 있었다. 그러다가 인기척이 느껴지면 허리를 꼿꼿이 펴고 천천히 앞으로 걸어갔다.

그녀는 자신의 얼굴을 마스크 등으로 위장하고 있었으나, 그 위장으로 인해 더 눈에 띈다는 것을 모르는 것 같았다. 어느 날은 더웠던지 마스크를 벗고 걷던 그녀가 그를 보자 황급한 손놀림으로 마스크를 썼다. 생각보다 앳된 얼굴이었다. 그런 위장으로 자신을 숨길 수 있다고 생각하는 그녀가 안쓰러웠다.

"안녕하세요."

매주 한 번은 마주치는 그녀에게 그가 몇 주 만에 처음 인사를 건넸다.

"……."

그의 인사를 그녀는 고개 숙이는 것으로 받았다.

고개 숙여 인사하는 것은 아니고, 그의 시선을 피하고자 고개를 숙이는 것 같았다. 하지만 인사가 아닌 것도 아니었다. 인사와 피함의 중간쯤이라고나 할까.

그가 그녀에게 인사를 한 후로 그녀는 그가 멀리서 보이기만 해도 아예 고개를 들지 않고 땅을 보고 걸었다. 그는 미안했다. 그 후로 그는 그녀 곁을 지날 때면 그녀가 불편해하지 않도록 고갯짓으로만 인사를 하고 일부러 빠른 걸음으로 지나가 주었다. 그녀가 갈 길에 뱀이 있으면 툭툭 건드려 뱀을 치웠다.

4.

"선영 씨 어제 복사해 놓으라던 것 아직 안 됐어요?"

"그게, 저기 말씀 안 해 주셨는데……."

"무슨 소리야. 내가 분명히 어제 부탁했는데, 됐어요. 내가 하면 돼요!"

김 주임은 그녀를 지나 복사기로 향하며

"책임감도 없는 계약직들은 왜 자꾸 뽑나 몰라. 그러니 정작 일할 정직원은 줄어들고."

라며 그녀에게 들리도록 혼잣말을 뱉었다.

그녀는 좌불안석이 되어 어정쩡하게 의자에 반쯤 일어나 눈으로만 김 주임을 쫓다가 다시 앉았다. 분명 들은 기억이 없는데, 듣지 않았다고 말할 수가 없었다. 그녀는 자신의 꼼꼼하지 못한 성격을 아는 탓에 이런 상황에서 결백을 주장할 수 없었다. 그녀는 스스로에게 자신이 없었다. 이런 경우가 종종 있어 메모를 남겨 두고자 해도 메모를 남기는 일조차도 잊어버리는 일이 잦았다.

설사 들은 적이 없다는 메모를 들이민다 하여도 불편한 상황이 바뀌지 않을 것이다. 누가 잘못했느냐가 중요한 것이 아니고, 이런 상황이 발생했다는 것 자체가 그녀의 잘못이었다. 사무실 사람들은 그녀의 존재 자체를 불편해했으므로.

그녀는 숨소리조차 조심하며 컴퓨터 모니터에 시선을 두고 앉아 점심때를 기다렸다.

"휴우!"

그날 점심시간 산길로 들어선 그녀는 큰 숨을 쉬었다.

처음에는 몰랐지만 정상으로 향하는 길은 여러 갈래가 있었다.

각각의 길은 경사가 달랐고, 길 주위의 풀이며 나무의 종류가 조금씩 달라 다른 분위기를 가지고 있었다. 들풀이 많고 경사가 완만한 길은 산책 삼아 걷기에 좋았다. 소나무와 신갈나무가 길가를 지키고 있는 길은 경사가 급해서 천천히 걸어도 이내 숨이 차고 땀이 흘렀다. 이 길을 오를 때는 아무 생각도 할 수가 없었다. 머릿속에 생각이 많아 덜어 내고 싶을 때 알맞은 길이었다.

그녀는 아름드리 활엽수가 우거진 어두운 숲길을 가장 좋아했다. 사람들은 이 길이 정상으로 가는 길이 아니라고 했다. 산허리를 돌아가는 길을 따라 수 시간 걸으면 어둔리라는 마을이 나온다고 했다. 산아래서 아무리 일찍 출발해도 밝아서는 도착할 수 없는 곳이라 어둔리라고 한다고도 했고, 마을이 워낙 외지고 그늘져 어둔리라고 한다고도 했다. 어둔리는 예전 화전민들이 살던 곳인데 지금은 마을 터만 있을 뿐 사람이 살지 않는 곳이었다.

'어둔리…….'

그녀는 산길을 걷다 보면 이 길을 계속 걸어 어둔리로 가고 싶다는 생각이 들곤 했다. 왠지 어둔리에 사람이 살고 있을 것 같은 생각이 들었다. 그곳 사람들은 이 숲의 들풀이나 나무들이 그녀를 대하듯, 그녀를 그녀 자체로 무던히 대해 줄 것 같았다. 그곳에서 사람과 숲은 분리되지 않고, 사람도 숲의 일부일 것 같았다.

'어둔리로 가 보자.'

어둔리에 대해 듣고 난 후 어두운 숲길로 들어설 때면 그녀는 버릇처럼 이렇게 말하곤 했다. 마치 어둔리로 갈 수 있을 것처럼.

그늘진 숲길을 걸으며 오전 사무실에서의 불편함으로부터 놓여났다.

초여름으로 접어드는 산에서 멍석딸기가 주황색으로 익어 가고 있었다.

그녀는 쪼그리고 앉아 멍석딸기를 따 먹었다. 아직 단맛보다는 신맛이 강했다.

멍석딸기 몇 알을 따서 손에 쥐고 다시 산을 오르기 시작했다.

어린 나뭇잎들이 바람에 흔들리며 햇빛에 반짝이고 있었다.

'나무를 보면 왜 편안할까? 나무는 나를 볼 수 없기 때문일까? 나무는 정말 나를 보고 있지 않을까?'

'나는 왜 사람들 속에 있는 것이 어려운가? 그들이 나를 인식하고 판단한다고 생각해서일까? 저 나무도 나를 인식하고 판단한다면 어떨까?'

그녀는 나무를 뚫어지게 바라보며 나무도 그녀를 본다고 생각해 보았다. 나무가 그녀를 인식하고 있다고 생각하자 나무를 바라보기 조금 불편해지는 듯했다.

갑자기 마법의 숲처럼 들풀들도, 나무들도, 새들도 그녀를 바라보며, 무어라 속삭이는 것 같은 착각이 들었다. 그녀는 걸음을 재촉해 그곳을 벗어나려 하다가 쓸데없는 생각을 했다는 자각에 혼자 웃었다.

다시 천천히 걷기 시작했다.

햇살이 별빛처럼 부서지는 굽이를 지나니, 앞에 그 사람이 보였다. 가끔 마주칠 때마다 그녀에게 인사를 건네는 사람이었다. 여러 번 보았지만 그녀는 그의 얼굴을 한 번도 제대로 본 적이 없다. 사람이 있는 곳에서는 늘 땅을 보고 걸었으므로 얼굴보다는 운동화와 발걸음으로 그를 알아보는 것이 더 빠를 것이다.

"저기……."

그녀는 그가 스쳐 지나갈 때 자신도 모르게 손에 쥐고 있던 멍석딸기를 내밀었다.

"네? 네."

그는 당황하며 그녀 손의 딸기를 건네받았다.

다시 고개를 숙이고 잰걸음을 옮기는 그녀는 스스로의 행동에 놀라 가슴이 울렁거렸다.

'네가 오늘…… 미쳤구나!'

5.

그는 집으로 돌아와 빨래를 세탁기에 넣고, 저녁 준비를 위해 냉장고 문을 열려다 식탁 의자에 털썩 주저앉았다.

딸기를 건네던 그녀의 얼굴, 건넨 후에 스스로 놀라 다시 움츠러들던 모습, 낯설지 않았다.

어느 날 갑자기 사라진 아내, 애초에 존재하지 않던 사람이라 여기며 지내던 아내의 얼굴이 그녀의 얼굴에 겹쳐졌다.

그는 중학교 때부터 혼자 살았다. 어머니는 어려서 집을 나갔고, 아버지는 돈을 벌러 이웃 도시로 나간 후 거의 집에 오지 않고 가끔 생활비를 부쳐 올 뿐이었다. 고등학교 3학년, 어려운 집안 형편 탓에 친구들이 대학입시 공부에 매달릴 때 그는 부사관 시험을 준비했다.

그는 학교가 끝나면 2년제 대학 근처의 편의점에서 아르바이트를 했다. 아내는 그 편의점에서 만났다. 깔깔대며 몰려다니는 여대생들과 달리 그녀는 늘 혼자였다.

편의점에는 창밖을 바라볼 수 있는 곳에 긴 식탁이 마련되어 있었다. 저녁 시간이면 그녀는 그곳의 가장 끝에 앉아 창밖을 보며 마실 것도 없이 삼각김밥을 먹었다. 그때마다 그는 마른 김밥을 먹는 그녀가 안쓰러워 종이컵에 물을 담아 건넸다. 그녀는 눈을 마주치지 않고 고개만 끄덕여 고맙다는 표시를 했다.

12월이 되어 부사관 시험을 치르고 그는 합격했다. 5주간 교육 기간을 거쳐 부사관 학교로 가게 된다고 했다. 편의점을 그만두려니 그녀가 마음에 걸렸다.

"저 다음 달부터 여기 안 나와요."

여느 때처럼 김밥을 먹는 그녀에게 그가 말했다.

그때 그녀가 처음 얼굴을 들어 그를 바로 보았다.

그녀는 처음엔 놀란 표정이었다가, 할 말이 있는 듯한 표정이었다가, 이내 다시 고개를 숙였다. 그는 무슨 말을 해야 할지 몰라 잠시 서 있다, 물만 테이블 위에 놓아 주고 카운터로 돌아왔다. 그녀는 삼각김밥을 먹지 않고, 한동안 창밖만 보고 있었다.

"저기."

그녀가 편의점 문을 열고 나가려는 순간 그가 다급히 말을 꺼냈다.

"저기, 토요일에 시간 있어요? 만날래요?"

"네."

작은 소리로 대답한 그녀는 미처 약속 장소와 시간을 정할 새도 없이 도망치듯 가 버렸다.

토요일, 그는 아침 일찍부터 편의점 앞에서 서성거렸다. 그와 그녀가 공유하고 있는 장소는 편의점뿐이었으므로, 달리 가 볼 장소가 없었다. 그가 없는 사이 그녀가 왔다 돌아갈까 봐 아무것도 먹지 못한 채로, 화장실도 가지 않고 그녀를 기다렸다. 기다리며 그는 그녀가 대답을 했던가 생각했다. 대답을 들은 것 같기도 하고 듣지 못한 것 같기도 했다. 그녀가 오지 않을지도 모른다는 생각이 들었지만 자리를 뜰 수 없었다.

그녀는 오후 두 시 무렵이 되어 나타났다.

그녀는 그 앞에서 고개를 들지 않았다. 그도 그녀가 민망해하지 않도록 그녀를 바로 보지 않았다.

그날, 아내의 표정, 그에게 처음 마음을 열던 아내의 눈빛과 같았다. 딸기를 건네던 그녀의 눈빛.

그날 이후 그는 산에 가지 못했다. 그녀의 눈빛을 마주 대하게 되는 것이 두려웠다. 잊으려 애쓰던, 그의 무의식으로 꾹꾹 밀어 넣어 버렸던 아내가, 그녀를 통해 그의 의식 속으로 툭 튀어나올까 두려웠다.

6.

동해안에 비를 동반한 강풍이 또 예상된다고 하였다. 올해 여름은 유난히 비가 많이 내린다. 여름 한철 대목을 바라는 바닷가 상인들은 가뜩이나 경기도 좋지 않은데 날씨까지 죽어라 죽어라 한다며 하늘을 원망했다.

비는 아직 시작되지 않았고 아침부터 바람이 강하게 불었다. 바람 소리에 잠이 깼다. 그는 잠옷 차림으로 베란다로 나갔다. 베란다 문을 열자 강하고 더운 바람이 그의 얼굴을 덮쳤다. 아파트 놀이터 신록의 나무들도 훈풍에 방향 없이 흔들리고 있었다. 멀리 산의 나무들은 바람 부는 날 보리밭처럼 바람에 따라 이리로, 저리로 군무를 추듯 구부러지고 있었다. 하늘은 어두웠지만 비가 곧 올 것 같지는 않았다.

'오늘도, 저 숲속에 그녀가 있을까?'

그는 문득 궁금해졌다. 아니, 문득은 아니다. 늘 궁금했다. 그가 지난 몇 달간 산에 가지 못한 것은 그녀가 궁금했기 때문이다.

'이런 날에 산에 오는 사람은 없을 테지.'

예상대로 비 오기 직전의 어두운 산에는 사람이 없었다. 사람이 없을 듯해서 나선 길이었다.

'부수수, 부수수.'

막상 산속으로 들어서자 바람은 숲을 뒤덮은 교목에 부서져, 소리만 요란할 뿐 그의 얼굴에 닿지 않았다. 그것이 안락한 느낌을 주었다. 숲이 그를 보호하고 있다는 느낌. 그리하여 그는 한 시간째 걷고 있었다.

산굽이를 돌았는데, 멀리 사람이 보였다.

그녀였다.

'이런 날에도…….'

그는 그녀가 시야에서 사라질 때까지 선 채로 바라보고 있었다. 그녀가 사라지자 그는 발걸음을 돌려 산에서 내려가기 시작했다. 그녀와 마주치고 싶지 않았다.

'후둑, 후둑!'

바람은 아까보다 거세졌고, 빗방울이 떨어지기 시작했다. 그는 비가 더 오기 전에 내려가야겠다고 생각했다.

발걸음을 빨리해 뛰듯이 걸었다. 한참을 내리뛰던 그가 갑자기 우뚝 멈춰 섰다.

아까 그녀를 봤던 그곳, 전에 그녀를 늘 마주치던 곳이 아니었다. 그보다 훨씬 높은 데였다.

더구나 그녀의 걸음걸이…… 전과 달랐다. 그녀는 늘 천천히 걸었지만 주변을 두리번거리고, 하늘도 보며 걸었다. 그런데 오늘은 등산복도 입지 않은 채 오로지 앞만 보며 천천히 걷고 있었다. 그 완보는 완상을 위한 느림이 아니었고 어떤 체념에 의한 느림처럼 느껴졌다.

'왜…….'

불안함에 가슴이 고동쳤다.

'사라…… 지려는 걸까? 아내처럼…….'

그는 그녀가 사라진 아내라도 되는 것처럼 그녀를 붙잡고 어디로 가려 하는 것이냐고, 왜 사라지려 하느냐고 묻고 싶었다.

그녀가 사라지게 두고 싶지 않았다.

그는 왔던 길을 되돌아 뛰기 시작했다.

심장이 터질 듯했고, 가쁜 숨이 턱 밑까지 차올랐다. 그는 계속 뛰었다. 땀과 비가 섞여 구분되질 않았다. 분명 그 걸음으로는 멀리 가지 못했을 텐데, 그녀는 보이지 않았다.

'부수수, 우우.'

나무들은 더욱 소란스럽게 이리저리 흔들렸고, 흔들림을 견디지 못한 나뭇잎들이 회오리치며 날리고 있었다.

'그 속도로 여기까지 왔을 리가 없어.'

'갈림길에서 다른 길로 들어섰을지도…….'

그는 다시 산 아래로 뛰었다.

10여 분가량 뛰어 내려오니, 갈림길이 나타났다. 그 길을 따라 있는 언덕으로 뛰었다. 언덕으로 오르는 길은 풀이 없는 흙길이었다. 흙길은 내리는 비에 질척거리고 미끄러웠다.

"아악!"

그는 오르막길에서 미끄러졌다. 급히 손으로 땅을 짚은 탓에 그의 손바닥에서는 피가 흐르기 시작했고, 무릎에도 피가 맺혔다. 그는 피를 닦아 낼 생각도 하지 못하고 절뚝거리며 언덕에 올랐다.

언덕 위에 서니 멀리 그녀가 보였다.

그녀는 내리는 비바람을 피할 생각도 없이 천천히 걷고 있었다. 그 모습이 너무나 평온하여 그녀만 본다면 마치 맑은 날이 아닐까 하는 착각까지 들 정도였다.

'휴……'

그녀의 모습이 보이자 그는 비로소 안심되었다.

목에 둘렀던 수건을 풀어 무릎에 묻은 흙과 피를 닦고, 손수건으로 손바닥을 감싸 묶었다.

그는 그녀가 그를 인식하지 못할 거리, 그러나 그녀에게 무슨 일이 생긴다면 뛰어가 붙잡을 수 있는 거리에서 그녀를 따라 걸었다. 그녀가 멈추면 같이 멈추었고, 그녀가 걸으면 같이 걸었다. 운전할 때처럼 그녀와의 거리가 멀어지지도 좁혀지지도 않도록 주의했다.

그녀는 산에서 내려갈 생각이 없다는 듯 어두운 숲속으로 자꾸만 들어가고 있었다.

그녀를 따르며 그는 언제 그녀를 불러 세워 내려갈 것인가를 생각했다.

'이 비바람이 그치면……, 그녀가 돌아서면…….'

7.

어둔리로 가고자 나선 길이 아니었다.

아침부터 날씨만큼이나 사무실 분위기가 뒤숭숭했다. 관내에 무슨 바이러스성 전염병 환자가 발생했다는 것 같았다. 모두 정신없이 컴퓨터 자판을 두드리고, 규정을 찾고, 어딘가에 전화를 하고 회의를 했다.

"좀 비켜요. 가뜩이나 정신없는데."

"김 주임 그거 선영 씨한테 맡기지 말고 직접 해. 잘못하면 어쩌려고."

분주한 사무실에서, 그녀는 아무것도 할 수가 없었다. 그녀는 어디에도 맞지 않는 퍼즐 조각처럼 자리를 찾지 못하고 불편한 마음으로 오전을 보냈다.

점심을 먹으러 모두 빠져나간 사무실은 고요했다. 아무도 없는 사무실조차도 그녀는 편안하지 않았다. 그녀는 점심 대신 과자 부스러기를 씹으며 멍하니 앉아 있었다.

'왜 늘 이 모양이지?'

그녀는 스스로가 답답하여 책상에 머리를 몇 차례 찧었다. 통증이 느껴지지 않았다.

비바람이 거셀 것이라는 일기예보 때문에 등산복을 챙겨 오지 않았지만, 오후에도 뒤숭숭한 사무실에서 외딴섬처럼 앉아 있을 자신이 없었다. 그녀는 무작정 사무실을 빠져나와 우우거리는 숲으로 향했다.

숲에는 아무도 없었다. 바람과 바람에 흔들리는 온갖 식물들, 그리고 그녀만이 있을 뿐이었다.

나무에 부딪혀 증폭된 요란한 바람 소리가 그녀를 사람들 속에서의 불편함으로부터 차단해 주는 것 같았다. 숲의 나무는 개별적으로 움직이지 않고 마치 숲 전체가 한 덩어리처럼 이리저리 흔들리고 있었다. 그 속에서 그녀도 숲과 한 덩어리로 바람을 맞으며 비로소 편안한 숨을 쉴 수 있었다.

등산복으로 위장했을 때는 마스크와 모자에 가려 좁았던 시야가 오늘은 넓게 트여, 두리번거리지 않아도 숲을 온전히 볼 수 있었다. 등산을 시작한 이후로 처음이었다. 이렇게 탁 트인 시야로 숲을 느낀 것이.

숲길에 들어서고 얼마 지나지 않아 빗방울이 후드득 떨어지기 시작했다. 처음에 그녀는 비를 피해 사무실로 내려가려고 서둘렀다. 그러나 비에 옷이 젖을수록, 비바람이 강해질수록 이상하게도 마음이 편안해졌다. 더는 피할 수 없을 때, 닥쳐오는 모든 것을 이제 온전히 받아들일 일만 남았을 때의 안도감 같은 것이었다.

'옷이 젖는 것이 뭐라고.'

그녀는 얼굴을 하늘로 향해 비를 맞았다. 한여름의 따뜻한 온도 때문인지 제법 많은 양의 비가 내리고 있음에도 빗줄기는 부드럽게 그녀 얼굴에 닿아 흘렀다.

그녀는 비에 흠뻑 젖었다. 머리와 소맷자락에서 물을 뚝뚝 떨구며 천천히 걷고 있는 그녀는 빗속을 지키고 서 있는 나무며 들풀들과 구분이 되지 않았다.

'어둔리로 가 보자.'

그녀는 어두운 숲길로 발걸음을 돌렸다.

비바람 속의 숲은 별빛만 있는 한밤중 같았지만 어두워서라기보다는 수증기 때문에 주변이 잘 보이지 않았다. 산책길에 늘 보던 솔이끼, 우산이끼, 이름 모를 버섯들은 어두운 빗속에서 잘 보이지 않았다. 그녀는 그 작은 아이들이 걱정되어 쪼그려 앉아 그 아이들을 찾았다. 작은 생명체들은 서로를 의지하며 작은 몸에 툭툭 떨어지는 빗방울을 용케도 버텨 내고 있었다. 그녀는 안쓰러운 마음에 손으로 비를 막아 주는 시늉을 하다가 이 아이들이 한두 번 이 비를 견디었겠느냐는 생각에 민망해진 손을 거두었다.

 우거진 나뭇잎에 한번 부딪힌 후 내려오는 빗줄기는 소리만큼 거세지는 않았다. 마치 숲이 성난 빗줄기를 달랜 후에 그들에게로 보내 주는 것 같았다.

 그녀는 서두르지 않고 걸었다.

 '이렇게 계속 가다 보면 언젠가는 그곳에 도착할까? 밝아서는 다다를 수 없다는 그곳에.'

 그녀는 이제 보건소 사무실로 돌아가야겠다는 생각은 잊었다.

 숲이 이끄는 대로 그녀는 천천히 천천히 걷고 또 걸었다. 비바람 소리와 흩날리는 나뭇잎으로 주위가 소란스러울수록 그녀의 걸음걸이는 점점 더 차분해졌다.

 어둔리에 관해 처음 들었을 때, 그녀는 어둔리가 어떤 마을일까 생각했었다.

 마을 터만 남기 전, 화전민들이 살고 있던 때의 마을, 전기도 들어오지 않는 산속 마을의 낮과 밤들을, 여름과 겨울을, 별빛만이 있는 밤이 지나고 아침 해가 뜰 때 그들이 느꼈을 온기와 안도감을.

 산속 살림은 궁핍했고, 읍내 장을 보려고 해도 이틀을 잡아야 했으니 어둔리 사람들은 산속에서 거의 자급자족했을 것이다.

그녀는 늘 주위 사람들의 삶의 속도가 버거웠다. 자급자족하며 세상과 단절되어 사는 어둔리 사람들의 삶의 속도는 어쩌면 자신과 맞을 것 같았다.

'저 굽이를 돌면 어둔리일까?'

산굽이를 돌면 멀리 작은 집 몇 채가 옹기종기 모여 있고 굴뚝에서는 저녁밥 짓는 연기가 피어오르고 있을 것 같았다. 그녀는 산굽이가 나타날 때마다 마치 그곳에 자신을 기다리는 사람이라도 있는 양 걸음을 재촉했다.

진초록의 숲은 그녀를 자꾸만 더 깊은 곳으로 이끌었다.

어느 굽이에선가 어둔리가 시작된 것일지도 모를 일이었다. 비바람이 잦아들고 있었다.

8. 저물어 지고

1.

"어이구, 저거 집에 안 가나? 불안하지도 않나?"
"놔둬 형님, 저도 속이 속이겠어, 저렇게라도 잊어야지."

남들이 나를 두고 수군대는 걸 안다. 걱정과 호기심과 동정 어린 수군거림일 것이다. 집에 가는 것이 두렵다. 죽음에 반쯤 발 담근 듯 고요하기만 한 그와 단둘이 있어야 하는 시간이 더디고 어렵다. 남편은 같은 회사에서 삼십 년을 일하고 지난달 퇴직했다. 이제 푹 쉬면서 여행도 다니고, 취미 생활도 즐기고 싶다고 했는데, 퇴직 한 달 만에 간암 말기 선고를 받았다. 의사의 말을 듣는 동안 그의 손을 잡는 것 외에는 해 줄 것이 없었다. 길어야 일 년. 이렇게 허무해도 되는지, 눈물도 나오지 않았다. 그는 먼 산을 보며 한숨을 몇 번 쉬었을 뿐 말없이 듣고만 있었다. 원래 속을 잘 보이지 않는 사람이지만, 어떻게 저렇게 남의 일처럼 듣고 있을 수 있는지 이해할 수 없었다.

내 속이야 어떻든 나는 저들 속에서 같이 때를 밀고, 땀을 흘리고, 그들 일상의 걱정거리에 동참한다. 아무 일 없다는 듯.

상황을 분리하여 생각하는 법, 감정을 분리하여 생각하는 법이 살다 보니 저절로 터득되었다. 슬플 때는 슬프고 두려울 때는 두렵고, 아무렇지 않을 때는 또 아무렇지 않은 것이다. 어릴 적 상갓집에서 세상을 다 잃은 듯 울다가도, 밥때가 되면 밥을 먹고 문상객들의 우스갯소리에 함께 웃는 상주를 보며 어린 마음에 저 사람의 슬픔은 진심일까 생각했다. 하지만 어른이 되고 나니 알겠다. 슬픈 상황에 웃는다고 해서 그 사람의 슬픔이 거짓은 아니며 그 슬픔이 사라지는 것은 더욱 아니라는 것을. 슬플 때는 슬픈 것이고, 웃을 때는 그저 웃는 것이다. 한순간에 한 가지 감정만이 사람 안에 있는 것은 아니므로.

"아유! 형님, 오늘 땀 잘 나네."

"언니, 은희는 서울서 취직했다면서?"

"응 처음이라 바쁜지 전화도 자주 안 해. 그게 원래 어릴 적부터 데면데면해."

"은희네야 너 집에 안 가냐? 가서 신랑 밥 차려 줘."

"괜찮아. 형님. 조금 더 있어도 돼."

2.

볕이 잘 드는 집이다.

오 년 전, 이십 년을 넘게 살던 작고 그늘진 임대 아파트를 팔고 이 집을 마련할 때 아내는 볕이 잘 드는 집을 고르기 위해 여러 날 발품을 팔았다.

거실 가득 쏟아져 들어오는 햇빛에 표정을 숨길 수 없어 곤혹스러운 때가 있으리라고는 생각도 못 하던 때였다. 고단하고 수고스러운 날들이었지만 이제 생각하니 남들과 다름없는 평범한 삶이었고 그래서 평안했던 때였다. 아무렇지 않은 척 애쓰며 나를 바라보는 아내의 얼굴 근육들의 미세한 변화에서 두려움이 느껴진다. 내가 아픈 후로 아내는 나를 바로 보지 못하고 늘 내 뒤의 사물에 초점을 두고 나를 스치듯 본다.

햇빛 속에 그녀의 얼굴이 어린다.
평생을 두고 한 번쯤 만났으면 했었다. 퇴직하고, 이제 욕정 없어진 나이가 되어, 그저 얼굴이나 한번 보고 살아온 얘기나 하면서 만나고 싶었다.
젊은 날 우연히 알게 된 그녀의 직장 앞으로 찾아간 적이 있었다. 그녀는 처음 만난 스물세 살 때의 모습보다 조금 성숙한 모습으로 그러나 그때와 같은 미소를 지으며 동료와 걷고 있었다. 시간이 정지한 듯했다. '내가 왜 그녀를 보냈을까' 하는 후회로 마음이 아팠다.
그녀에게 다가가고 싶었으나 세상에는 절대로 안 되는 일도 있는 것이다, 안 되는 일이다라고 되뇌며 돌아섰다. 그게 마지막이었다. 그녀에게 들키지 않게 발길을 돌려 다시 일상으로 돌아왔다.

3.

"은희 아빠, 괜찮겠어요? 버스 탈 걸 그랬나?"

평생 뭐 했나 모르겠다. 남들 다 있는 운전면허도 없이, 시한부인 그가 운전하는 자동차를 타고 편히 가야 하는 편치 않은 처지……. 생각해 보면 내 인생도 그랬던 것 같다. 전업주부인 며느리가 마음에 들지 않으셨던 시어머니는 늘 그렇게 말씀하셨다. 남편 벌어다 주는 돈으로 속 편히 사니 남편 알기를 하늘같이 알고 살라고.

내게 따뜻한 눈길 한 번 주지 않는 그도 살다 보면 다른 부부와 같아질 거라고 스스로에게 합리화하며 그와 결혼하였다. 결혼 후에도 그는 여전했고 늘 예의 바르게 나를 대했다.

그와 사는 내내 왜 편치 않았을까? 언제나 그에게서는 거리감이 느껴졌고, 우리는 여느 부부들처럼 서로 큰소리를 내 본 적도 없었다. 늘 그의 삶에 무임승차한 것 같다는 느낌이 마음 한편에 자리했다. 그의 마음을 도통 알 수가 없었다. 그의 마음에 다른 사람이 있는 것 같기도 했다.

그는 결혼을 주저했다. 한발 가까워진 듯해서 설레는 마음으로 다음 날 만나면 그는 다시 한 걸음 물러나 있었다. 그가 멀어질수록 그에 대한 마음이 더욱 간절해졌었다.

여러 날을 조르다 떠나게 된 첫 여행에서 그는 나를 안지 못했다. 수줍음과 설렘으로 고개도 제대로 들지 못하는 내게 그는 이유도 말하지 않은 채 미안하다고, 안 되겠다고 했다. 그랬던 그를 눈물로 잡은 것은 나였다. 내가 선택한 삶이니 받아들이자고 서운한 마음을 다독이며 살아왔다.

울진에서 서울 병원까지 가려면 영주와 제천, 원주를 지나 하남을 거쳐야 하는 먼 길이었다. 병원에 갈 때마다 운전하는 그 옆에서 안

절부절못하며 그의 안색을 살핀다.

"이번 달에는 꼭 면허를 따야 할 텐데……."

의미 없는 혼잣말로 미안한 마음을 그에게 전했다.

 4.

아내에게 며칠 여행을 다녀오겠다 하고 집을 나왔다.

전 같으면 어디를 가는가 정도는 물었을 텐데 조심하라는 말 외에는 별말이 없다. 아내의 배려가 당연하게 느껴지는 만큼 나는 죽어 가는 것이다.

막상 집을 나왔으나 가야 할 곳을 정하고 나온 것은 아니었다. 운전석에 앉아 숨을 크게 쉬었다.

'휴우.'

가을 햇볕이 갇힌 차 안은 따뜻했다. 의자를 뒤로 젖히고 한동안 누워 있었다. 조용하고 편안하다. 세상과 나 사이에 고요라는 담이 쌓이면, 그럴 때면 늘 그녀 생각이 난다. 그녀는 평생 기억 속에 남아 있는, 그저 오래된 가방처럼 내 생각의 일부이다. 특별히 기억하려 하지 않아도 그녀에 대한 생각은 늘 곁에 붙어 있다. 그뿐이다. 언젠가 한 번쯤 만나고 싶었다. 그러나 죽음을 핑계 삼아 만나고 싶지는 않다. 그녀를 만나는 대신 그녀와 함께 자전거 여행을 했던 정선으로 차를 몰았다.

삼십 년 전이나 별반 달라지지 않은 풍경이었다. 산허리로 난 구불구불한 도로 아래로 동강이 굽이쳐 흐르고 있었다. 논밭 사이의 농가 굴뚝마다 저녁 짓는 냄새가 피어올랐다.
"저 집들, 일부러 배치해도 저렇게는 못할 것 같아. 그림보다 더 그림 같지 않아?"
그녀는 이곳에서 한참을 떠나지 못하고 카메라 셔터를 눌러 댔다.
FM2 카메라의 경쾌한 셔터 소리와 바람에 흩날리던 그녀의 머리카락이 잘 어울리던 날이었다. 굽은 도로를 돌면서 여기쯤에서 그런 얘기를 했었지 그녀는, 저쯤에서 도시락을 먹었는데……. 그녀의 표정이 생생하게 되살아났다. 아니 되살아났다기보다는 늘 곁에 머물던 생각들이었다.
구절리역에 차를 세우고 한참을 기다려 레일바이크에 올랐다. 일행이 있는 사람들 사이에서 혼자 덩그러니 레일바이크를 탔다. 노랗게 익어 가기 시작한 황록색의 들판에 오후의 햇살이 부서지고 있었고 산은 차분히 단풍 들고 있었다.
날아오를 수만 있다면 저 들판 위를 잠자리처럼 유영하고 싶었다. 죽으면 그리될 수 있을 것이냐는 되지도 않는 상상을 하며 페달을 밟았다.
들판에서 수고로이 일하는 사람들과 그 풍경을 보러 관광 나온 화려한 등산복 차림의 관광객들과 죽은 것도 산 것도 아닌 채로 홀로 페달을 밟고 있는 내가 가을 언저리의 풍경 속에 함께 있었다.
죽음도 이런 것이 아니겠는가. 산 자들이 의식하지 못해서이지, 삶과 공존하고 있으나 어우러지지 못하는 그런 것.

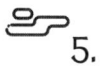 5.

가뜩이나 말이 없던 사람이 말이 더 없어졌다.

처음 병원을 다녀온 후 한동안 나는 되는 대로 막 떠들었다. 인터넷을 검색해 암에 좋다는 것들을 찾아다니고 그에게 효능을 설명하며 먹여 보려고 했다. 그를 낫게 하고 싶기도 했지만, 아무것도 안 하면 견딜 수가 없어서였다. 그러나 차츰 나도 할 말이 없어졌다. 그와 한 공간에 있는 것이 두려웠다. 그가 여행을 가겠다고 했을 때 비겁하게도 안도의 마음이 먼저 들었다. 며칠간 내게 자유가 오겠구나, 죽어 가는 그를 보지 않아도 되겠구나 생각했다. 그는 최근 고통을 느끼는 횟수가 늘었고 강도도 심해지고 있었다. 그의 고통은 내게 전달되지 않았다. 고통스러워하는 그 옆에서, 고통을 공감하지 못하며 멀뚱히 서 있는 내가 견디기 힘들었다.

그는 지금쯤 어딘가를 홀로 다니고 있을 것이고 나는 내 일상을 살고 있다.

그가 죽는다 해도, 나는 그가 오랜 여행을 떠난 것이라 생각하며 이 집에서 지금처럼 여행 간 그를 기다리듯 아무렇지 않게 살 수 있을 것만 같았다. 실은 모든 것이 비현실적으로 느껴졌다.

'아이고 모르겠다. 사우나 가서 사람들 만나서 수다나 떨어야겠다.'

"은희네가 웬일이야 때를 다 밀고……. 힘들기는 한가 보네. 말은 안 해도. 쯧쯧."

수군거림을 뒤로하고 때밀이 아주머니에게 처음 몸을 맡겼다.

수건으로 벗은 몸을 덮고 그 위로 따뜻한 물을 흘리며 팔과 다리를 주물러 주었다.

어린 시절 엄마가 씻겨 줄 때처럼 편안하고, 보살핌받는 느낌이었다.

"아저씨가 편찮으시다던데, 사람들 하는 말을 들었어요."

귀찮게 되었다. 한 번도 누군가와 아픈 남편에 대해 얼굴을 맞대고 얘기를 한 적이 없다. 함께 사우나를 하는 형님들에게조차도. 더구나 서로 발가벗고 있는 어색한 상황에서 죽어 가는 남편 얘기라니……. 자는 척 눈을 감은 채 대꾸하지 않았다.

"저는 둘째 놈이 뱃속에 있을 때 신랑이 연탄가스 중독으로 죽었어요. 그땐 아무 생각도 안 나더라고요. 남들은 눈물 없이 장사 치르는 나를 모질다고, 저렇게 독하니 남편이 요절했다고 욕을 했지만, 나는 내 새끼들, 이제 돌 지난 큰애와, 뱃속에서 꿈틀거리기 시작한 내 새끼, 이 새끼들 키울 생각밖에 안 했어요. 내가 약해지면 내 새끼들은 어디 가서 의지를 하나, 강해져야 한다, 날마다 다짐했어요. 어린것들을 목욕탕 바닥에서 놀게 하면서 손님들 때 밀고, 때 밀다가 젖 먹이고, 밥 먹이고. 그렇게 키웠어요. 죽은 사람만 불쌍하다고 산 사람은 어떻게든 살게 된다고들 하지만 나한테는 죽은 놈이 더 편해 보여요. 다들 겪지 않아 하는 말이지. 아줌마가 나보다 낫대서 하는 소리가 아니고 그냥 나 같은 사람도 있다, 뭐 그런 말이 하고 싶은데, 내가 말 주변이 없어서."

그녀의 넋두리를 들으며 깜빡 잠이 들었다. 모처럼 편안한 잠이었다.

짧은 잠에서 깨어 보니 안개가 걷히듯, 먹먹하던 가슴이 뚫리는 듯했다.

아픈 그에 대한 나의 아픔이, 고무장갑을 벗고 시린 물이 맨손에 닿을 때처럼 연해진 내 심장에 느껴졌다. 아픈 몸으로 어딘가를 헤매고 있을 그가 안쓰럽고 걱정되어 눈물이 흐르기 시작했다.

주체할 수 없이. 흐느끼는 나의 등을 그녀가 토닥여 주었다.

'어서 집으로 가자. 먼 여행길에서 돌아온 그를 불 켜진 창으로 맞이해야지.'

여행에서 돌아온 그가 온기 없는 빈집에 들어서게 될까 자꾸만 마음이 조급해져 머리도 미처 말리지 못하고 달리듯 집으로 향했다.

6.

검룡소로 가는 길은 좁고 인적이 드물었다. 산안개가 서려 더욱 고즈넉했다.

막 물들기 시작한 길가 나무는 노란색과 붉은색이 뒤섞여 아름다웠다. 그 색이 꽃만큼이나 선명해서 곧 떨어져 썩게 된다는 것이 믿기지 않았다.

약간의 경사가 있을 뿐인데 나에게는 오르기 벅찬 길이었다. 자주 쉬며 걸었다. 간혹 지나가는 등산객들이 괜찮냐는 눈빛을 보내 왔다.

검룡소, 한강의 발원지라는. 가만 들여다보니 퀭한 얼굴이 어른거린다.

그렇게 한참을 앉아 있었다. 내 머릿속에 이는 상념들이 먹빛 물속으로 흡수되어 사라졌다. 죽는 것이 별것 아니라고 그저 담담하고자 노력했던 것은 실은 죽음에 대한 두려움과 삶에 대한 집착의 다른 표현이 아니었던가! 그렇게라도 죽음을 잊어 보려는.

기실 나는,

좀 더 살고 싶다.

그런데 나는 왜 더 살고 싶은지 모르겠다.

그녀 때문에 살고 싶은 것인가? 그녀를 평생 그리워했다. 그것이 사랑이었을까? 사랑했었음으로 그리워한 것이지 사랑해서 그리워한 것은 아니었다. 그녀 때문에 살고 싶은 것은 아니다.

내가 살아서 붙잡고 싶은 것들이 무엇일까?

내가 죽으면 아내는, 남겨진 아내의 고통과 외로움이 나를 아프게 하는가? 힘들겠지만 그건 아내가 감당해야 하는 것이고, 내가 아는 아내는 그럴 만큼의 강함은 가진 사람이다. 남겨진 아내에 대한 걱정 때문에 살고 싶은 것은 아닌 것 같다.

아침 바람의 느낌, 아침나절 빛과 이슬로 생기를 머금은 식물들, 허기졌을 때의 음식 냄새, 깔깔대는 놀이터의 아이들, 이런 것들을 계속 느끼고 싶은 것일까?

나는 내가 바라던 대로 살았던가? 열심히는 살았다. 내가 바라던 대로 살았는지는 모르겠다. 죽지 않고 더 산다면 지금과 다르게 살게 될까?

도대체 왜 더 살고 싶은 것이냐고, 나는 검룡소에 쪼그리고 앉아 묻고 또 물었다.

  답을 알 수 없었다. 무엇 때문에 죽고 싶지 않은 것인지.

  제자들에게 자신의 시신을 정원 나무 아래 묻으라며, 죽음을 물질 순환의 일부로 생각했던 어느 생태학 노교수의 유언도 생각났다. 세상에는 여러 죽음이 있다. 그 많은 죽음 중에 내 경우는 그렇게 나쁜 경우는 아닐 것이다.

  산속의 해는 짧아서 어느덧 먹빛 물에 황혼빛이 감돌았다.

  자리를 털고 일어섰다. 현기증이 일었다. 잠시 곁의 나무를 의지해 서 있었다.

  아내는 나에게 어떤 존재였던가? 내가 잡고 있는 나무처럼 나는 평생 아내를 의지해 살아온 것 같다. 아내에게는 어떤 떨림 같은 것 없이 결혼하였다. 그때 나는 누구와 결혼을 하든 상관없었다. 그런 나를 아내는 무던히 받아 주며, 곁을 지켜 주었다. 딸아이를 임신했을 때 아내는 조산기가 있어 병원에 입원해 있었다. 온종일 누워 있어, 허리가 끊어질 듯 아파도, 일어나 앉는 것조차 삼가며 한 달여를 지냈다. 친정이 멀어 친구도 없이 좁은 병실에 온종일 홀로 누워 있는 아내가 안쓰러웠다. 퇴근 후 병실에 함께 있으려 하면

  "괜찮아요, 옆에 있는 게 나는 더 불편해요"

라며 기어이 나를 집으로 돌려보냈다.

  아내는 내 배려를 불편해했다. 아니 나의 불편을 참지 못했다.

  출산했을 때도 나는 곁을 지켜 주지 못했다.

  퇴근 후 병실에 들르니 미역국을 바닥에 놓고 먹고 있었다.

  "상 위에 올리고 먹지."

"아니, 손목이 아파서. 아유, 뭐 어때요."

난산한 아내는 그렇게 손목이 아파 미역국을 바닥에 두고 먹으면서, 젖을 물리기 위해 홀로 신생아실을 오가면서도 곁에 있어 주지 못하는 내게 서운한 내색을 비치지 않았다. 언제나 손 뻗어 의지하고자 하면 늘 곁에 있었던 사람, 곁에 있었으므로 나는 아내를 그리워해 본 일은 없다.

살아서 붙잡고 싶은 것이 무엇인지, 죽음을 어떻게 받아들여야 하는지 모르겠으나 죽음은 바로 앞에 다가와 있었다. 그러니 돌아가 남은 생을 갈무리해야 한다. 무엇을 정리해야 하는지, 어떻게 정리해야 하는지, 그것에 대한 답도 정할 수가 없었다. 시간은 기다려 주지 않는데, 무엇이든 분명한 것이 없었다.

산에서 내려오는 동안 차를 자주 세웠다.

어둑해지기 시작한 산속은 밀폐된 공간처럼 두려움과 안락함이 공존했다. 집을 나서던 며칠 전보다 통증은 더 강하게 찾아왔다. 운전을 할 수가 없었다. 차를 길가에 세우고 차를 가져가 달라고 보험사에 연락했다. 나는 길바닥에 쭈그려 앉아 택시를 잡았다. 집이 가까워져 올수록 눈에 익은 풍경들이 나타났다. 조금씩 마음이 놓이며 평안해졌다.

풍경이든, 사람이든, 사물이든, 익숙하다는 것은 함께한 시간에 대한 것이리라.

이제 익숙한 것들에서 놓여 날 준비를 해야 한다.

겨우 사흘의 여행일 뿐이었는데 어디 먼 곳을 다녀온 듯하다.

집 창에 환하게 불이 켜져 있다.

그 창을 올려다보고 서 있으려니 시장기가 돌았다.

7.

"은희 아빠, 그냥 둬요. 내가 나중에 혼자 연습할게."

운전에 서툰 나를 가르치겠다고 그가 단단히 결심한 모양이다.

어찌어찌 면허는 땄지만, 아직 차로 시내 한번 나가 보지 못했다. 차들이 다닐 때의 속도감은 생각만 해도 아찔했다. 그런 속도로 누군가와 부딪친다는 상상만으로도 오금이 저려 운전은 엄두도 낼 수가 없었다.

오늘은 주차를 가르쳐 주겠다고 운전대에 나를 앉히고 산길을 따라 바다 쪽으로 가 보라고 했다. 차가 없고 사람이 다니지 않는 산길이니 갈 만했다. 산길을 따라가다 보면 언덕 정상에서 마술처럼 바다 풍경이 펼쳐진다. 고개를 돌려 뒤를 보면 여전히 아파트 늘어선 시내가 보이는 데도 말이다. 저절로 아! 하고 한숨 섞인 감탄이 흘러나오는 곳이다.

도로 한가운데 아무렇게나 세우고 차에서 내렸다. 그도 따라 내린다.

나란히 서서 말없이 바다를 바라보았다. 바닷빛이 진초록이다. 바다는 하늘빛을 담고 있다. 갈매기는 보이지 않고, 멀리 배 한 척이 떠 있다.

바다를 보는 그의 시선을 따라가 보려 했으나, 시선이 잡히지 않았다. 어쩌면 아무것도 보고 있지 않은지도 모른다. 이런 순간에도 나는 그가 무슨 생각을 하는지가 마음 쓰인다. 그 생각 속에 나도 조금은 들어 있는지가.

부질없다.

봄 바다는 한산하다. 해수욕장 주차장에 주차했다.
딴에는 똑바로 하느라고 애를 썼다.
"어찌 됐나 내려 봐요."
그의 목소리에 짜증이 묻어났다.
"아니, 나는 주행도 못하는데 주차 먼저 하라 하면 어째요. 뭐 어떻게 되긴 돼요. 삐뚤어졌겠지."
그와의 이런 대화가 낯설면서도 싫지 않다. 진작 나에게 이렇게 좀 대해 주지 하는 섭섭함이 나도 모르는 새 말투에 묻어났나 보다. 그가 말이 없어진다. 아픈 건가? 그의 안색을 살폈다.

8.

"내일은 차 다니는 도로로 가 봅시다."
아내에게 운전을 가르치면서 평생 아내와 이렇게 많은 말을 나눈 적이 있었나 하는 생각이 들었다. 나의 잔소리조차 아내는 기분 나빠 하지 않는 눈치다.
내 옆에서 많이 외로웠겠구나.
죽기 전에 시내라도 자유롭게 다니도록 해 주고 싶다.
아내에게 새로 난 자동차 전용 도로가 아닌 구불구불한 옛 도로를 따라가도록 했다. 아내는 앞에서 큰 차가 나타나면 겁을 먹고 길가로 바짝 붙어 도로변에 쌓아 놓은 모래주머니와 부딪치며 차를 몰았다. 겁먹은 얼굴로, 진땀을 빼는 아내가 안쓰러웠다.

이제 막 지기 시작하는 벚꽃이 눈처럼 흩날렸다. 자유롭고 아름다운 마지막이다.

창문을 열고 봄 공기를 들이마셨다.

간암이라는 것이 몸이 아플수록 정신은 또렷해져서 통증이 더 강하게 느껴졌다. 통증이 느껴질수록 또렷해지는 정신으로 살고자 하는 바람은 더 강해졌다. 불가능한 걸 알면서, 혹시 기적처럼 살 수 있지는 않을까 생각해 보기도 했다.

아내에게 덕구로 가자고 했다. 아내는 시선을 앞으로 고정한 채, 온몸이 경직되어 차를 몰고 있었다.

봄 햇살에 차 안은 아늑하고 따뜻했다.

의자에 등을 기대고 싹을 틔우기 시작하는 연둣빛의 나무들을 바라보니 눈이 감기려 했다. 갑자기 반대편 차선으로 큰 트럭이 나타났다. 아내가 급히 차를 인도로 틀어 급정거하였다. 순식간이었다.

"앞에 뭐가 오든 자기 차선을 가면 되는 거예요."

나도 모르게 언성을 높였다.

9.

그날,

운전을 가르쳐 주느라 신경을 많이 썼는지 그는 다른 때보다 지쳐 보였다. 저녁에도 죽을 몇 숟가락 뜨는 둥 마는 둥 했다. 일찍 자고 싶다고 눕기에, 나는 방에 불을 꺼 주고 거실로 나왔다.

그가 아프기 시작한 후 나는 매일 밤 드라마를 본다. 지나간 드라마부터 새로 시작한 드라마까지. 드라마를 연이어 보면 드라마 속의 이야기가 내 이야기가 되고, 내 이야기가 드라마가 되고, 그러다 나의 상황도 드라마처럼 비현실적으로 느껴지곤 했다.

현실에서 비현실로 넘어설 때 나는 평안했다.

늦도록 텔레비전을 보다가 소파에서 잠이 들었나 보다. 잠결에 그의 목소리가 들렸다.

"은희 엄마, 은희 엄마!"

"왜요, 뭐 줘요?"

"배가…….."

방으로 뛰어 들어가니 그가 땀을 흘리며 배를 부여잡고 방바닥을 구르고 있었다.

그의 배가 부풀어 있었다. 지난번 병원에서 새로 개발된 약이라고 의사가 처방해 주었다. 아직 임상 중이라고 했다. 복수가 차면 병원으로 곧장 오라고 했던 말이 생각났다. 나는 두려움에 손을 벌벌 떨며 그에게 진통제를 주었다.

"은희 아빠 이거 먹고, 응? 정신 차려 봐요. 이거 먹고 병원에 갑시다."

진통제를 먹고 그는 조금 진정이 되었다.

옷을 대충 챙겨 입고 그를 부축해 차로 갔다. 운전하려던 내 손에서 그가 차 열쇠를 가져갔다.

"내가 할게."
"흑!"
한번 흐르기 시작한 눈물은 멈추지 않았다. 그는 한 손으로 운전을 하면서 운전대를 잡지 않은 손을 내 무릎에 올리고, 아기를 재우듯 토닥였다.

그가 이제 되돌릴 수 없는 상태라는 것을 의사는 표정으로 보여 주었다.

준비되었을 때 닥쳐오는 세상일은 별로 없다. 세상일은 여름 소나기처럼 불현듯 닥쳐온다. 나는 준비가 되지 않았지만 그는 그렇게 갔다.

"형님 나는 그 사람이 어디 출장 간 거 같아. 언제고 다시 올 것만 같고, 실감이 안 나. 그렇게 운전을 가르치고 싶어 하더니. 나 운전 다 배울 때까지만 살지. 이제는 밤에 혼자 있는 것도 안 무서워. 적응이 되나 봐."
"야야 그게 적응이 되는 거니. 그냥 사는 거지."
"그런가? 좋아진 것도 있어. 밥 차리러 서둘러 가지 않아도 되잖아. 형님들이랑 실컷 있어도 되고."
나는 더 수다스러워졌다. 그가 살았을 때는 그의 얘기를 할 수 없었다. 내 말에 그의 병을 담으면 그의 죽음을 인정하는 것이라고 그러니 절대로 입에 담아서는 안 된다고 스스로 주문을 걸었던 듯하다. 그의 병과 죽음을 인정하고 싶지 않아서, 그리고 그 고통스러운 생각에서 벗어나고자 그에 대해서 말할 수 없었다.

그런데 이제는 그에 대한 얘기를 아무렇지도 않게 하려고 노력한다.
그러면 정말 내 마음이 아무렇지도 않은 것 같았고, 수다를 떠는 동안은 마음이 편안했다.
"은희네야, 집을 좀 작은 데로 옮기면 어떻나? 아니면 친정 근처로 가든지. 여기는 친척도 없잖아."
"친정 부모님 안 계시는 친정이 친정인가. 형님들이 있는데 뭐. 나는 여기가 좋아. 그런데 요새 교수 사모님은 왜 통 안 보이셔? 어디 또 외국 가셨나?"
"에구 이 속없는 것아!"
"아이고, 부러워서 그러지. 헤헤!"
"혼자 있다고 끼니 거르지 말고 뭐 좀 잘 챙겨 먹어. 자꾸 마른다."

빈집으로 가야 할 시간이다.
8월 무더위에 땀을 비 오듯 흘리며 집을 향해 느리게 걷는다.
도중에 아파트 슈퍼에 들러 두부를 한 모 샀다. 냉장고에는 이미 두부가 여러 개 있을 것이나 그저 습관 같은 것이다. 슈퍼 주인 여자와 날씨 얘기며, 누가 이사 온 이야기며, 누구 집 개 이야기며, 맥락도 없는 이야기를 한참을 주절거린다. 두부는 핑계다. 집에 가기에는 너무 이른 시간이므로.
아침에 켜 두고 온 불빛이 창에 어린다.
적막한 거실, 초침 소리가 크게 울린다.
밥을 차릴 엄두가 나지 않는다.
옆집 현관문 소리가 내 집까지 울린다. 아닌 걸 알면서도 반가운 마음에 가슴이 철렁한다.

'아이고 누가 오겠다고!'

나는 그와 사는 내내 오지 않을 그의 마음을 기다리며 살았던 것 같다.

이제 그는 죽고 나는 다시, 오지 않을 그의 기척을 기다리며 살고 있다. 평생을 기다리고 살았는데 아직도 뭘 더 기다릴게 남았다고 이러는 내가 한심하기도 하고 불쌍하기도 해서 피식 웃음이 나온다.

가스레인지에 아침에 먹다 남은 찌개를 올리고 설거지를 하려고 물을 틀었다.

설거지하는 동안 물소리를 전화벨 소리로 착각하여 수돗물을 잠그고 거실 쪽으로 귀를 기울인다. 전화를 받기 위해 그러는 것이 아니고 전화가 아니라는 것을 확인하고자 그러는 것이다. 벌써 여러 번 겪은 일이라 그냥 넘어가도 되는 것을 꼭 이렇게 확인하는 이유를 알 수 없다.

모래알 같은 밥을 씹으며 집 안을 둘러보았다. 딱히 눈 둘 곳이 없다.

벽에 걸린 가족사진을 무심히 바라보다, 창을 응시한다. 창에 퀭한 모습을 한 여자의 검은 실루엣이 비친다. 나는 그 여자를 한동안 바라보았다. 초점이 흐려진다.

초점 흐린 눈에 물기가 돈다.

텅 빈 거실에서 시계 소리가 점점 커져 공간이 시계 소리로 메워진다.

이 거실의 주인은 내가 아니고, 저 시계다. 걸어 다니는 것도, 숨 쉬는 것도, 저 시계의 지시를 따르는 듯하다. 내 행동들이 초침 소리의

리듬에 맞춰진다.

　잠이 온다.

　남편이 죽고 이렇게 홀로 있는 시간이면 지난날들이 연속극처럼 하나씩 생각이 난다. 어느 하나의 기억이 뇌리에 잡히면 오래도록 그 기억을 자세히 들춰내며 생각하고 또 생각했다. 그러다 보면 어느 날은 사무치게 그것들이 그립다가 또 어느 날은 아무것도 아니기도 했다…… 그랬다.

　내가 살아온 날들은 특별할 것도 없다.

　이대로 깊은 잠에 빠지기를 바라며 눈을 감는다.

9.
볕 뉘

공부를 하려고 학교에 온 것이 아니다. 교실의 커튼을 모두 걷고 창문을 열었다. 남향의 교실 창으로 햇살이 들어온다. 창가 책상에 자리를 잡고 앉아 연필을 깎는다. 손에 힘을 빼고 엄지의 힘으로 가늘게 나무를 벗겨 내면 까만 연필심이 나온다. 연필심을 갈 때는 더 주의를 기울여야 하는데, 왼손으로 연필을 책상 위에 비스듬하게 세우고 일정한 속도로 연필을 돌리면서 오른손 엄지와 검지의 힘을 미세하게 조절하며 섬세하게 갈아 내야 둥글면서 뾰족한 모양을 만들 수 있다. 잘 깎은 연필을 코에 대고 킁킁거린다. 나무 냄새가 향긋하다. 아무도 없는 빈 교실에서 글씨를 쓰면 종이 위로 쓱쓱 연필 지나가는 소리가 난다. 쓱쓱 소리를 들으며 수학 문제를 풀다 보면 마음이 편안하고 뭔가로 가득 채워지는 느낌이 든다. 보람까지 느낄 정도다.

늦가을 햇살이 등을 어루만진다. 열린 창으로 들어온 찬 공기에 손은 시리지만 등은 아랫목에 누워 있는 듯 따뜻하다. 학교 운동장 앞 논에서는 지푸라기 타는 연기가 아침 안개와 섞여 피어오르고 창밖 화단에는 늦게 핀 코스모스에 서리가 내려 테두리를 흰색으로 꾸민 크리스마스 꽃 장식 같다. 눈을 감고 숨을 깊게 들이쉰다. 논에서 나는 진흙 냄새와 지푸라기 타는 냄새가 뒤섞인 아침 찬 공기가 가슴

깊숙이 들어온다. 숨을 들이쉴 때마다 쓸쓸함과 평안함과 누군가를 기다리는 듯한 서글픔이 함께 들어와 가슴을 채웠다. 그러면 이유를 알 수 없이 마음이 아팠다.

부모님과 육 남매가 사는 방이 두 칸뿐인 우리 집엔 나만의 공간이 없었다. 그나마도 여름에는 누에에게 방 한 칸을 내주고 여덟 식구가 한 방에서 지냈다. 나는 누에 치는 방에서 시험공부를 하고 숙제를 했다. 아기 손가락만 하게 자란 수많은 누에들이 뽕잎을 베어 먹는 사각사각 소리가 합창처럼 들렸다. 나는 홀로 있을 수 있는 주말의 빈 교실이 좋았다. 나무 냄새 나는 빈 교실에 햇살이 가득 차면 아늑했다.

학교 운동장에는 담이 없었다. 담 대신 모서리가 군데군데 깨지고, 금이 간 오래된 삼단 콘크리트 스탠드가 운동장을 두르고 있었다. 스탠드 뒤쪽으로는 바로 논이었고, 논두렁을 몇 개 넘으면 섬강이 흘렀다. 한문 선생님은 섬강의 섬이 두꺼비 섬 자라고 했다. 그렇지만 내게는 섬 자가 아름답고, 섬세한 느낌의 글자로 다가왔다. 마을의 굴뚝 여기저기서 연기가 피어오르는 저녁이 되면 운동장 스탠드에 앉아 섬강을 바라보았다. 해 질 무렵, 섬강 너머의 산등성이 위 하늘은 주황빛 노을로 물들었고 강물은 그 빛을 받아 금색으로 반짝였다.

"아!"

뭐라 표현할 능력이 없는 나는 깊은숨을 들이마시며 한참을 바라보기만 했다. 어른이 된 후에도 섬강이라는 단어를 떠올리면 섬 자는 내게 금빛 반짝이던 아름다운 강 섬 자로 떠올려진다.

어쨌든, 변변한 공부방 하나 없었음에도 주말마다 학교에 죽치고 앉아 공부를 하고 책을 읽은 덕에 상위권의 성적을 유지하며 읍내 유

지금 집안 자녀들과 어울릴 수 있었다.

지선이네 부모님은 선생님이셨고, 도희는 읍내에 하나뿐인 병원 집의 딸이었다. 부모님이 이웃 도시에서 주유소를 한다는 친구도 있었고, 미경이의 아버지는 농협의 높은 사람이라고 했다. 그중에서도 서진이는 진정한 유지급의 자녀라고 할 수 있었는데, 읍내에서 다섯 손가락 안에 드는 부잣집의 둘째 딸이었다. 큰언니가 입던 옷을 둘째 언니가, 둘째 언니의 옷은 셋째 언니가, 이런 식으로 물려받아 십 년도 더 된 옷을 입고 다니며, 첫째 언니가 메고 다니던 때가 꼬질꼬질한, 한때는 예쁜 빨간색이었을 검붉은색 가방을 메고 다니는 내가 이런 친구들과 어울릴 수 있었던 것은 순전히 나의 성적과 언니들의 책을 닥치는 대로 읽어 가지게 된 조숙함 때문이었다.

서진이와 나는 1, 2등을 번갈아 하는, 적어도 내가 생각하는 한은 막역한 사이였다. 사실 1등은 거의 서진이었고 나는 어쩌다 한번 서진이를 앞서는 정도였다.

숙제를 함께 하기 위해서 서진이네 집에 간 적이 있었다. 서진이의 집에는 바쁘신 부모님을 대신해 집안일을 하는 아주머니가 계셨다. 서진이는 겉옷을 거실 소파에 벗어 던졌다.

아주머니는 서진이의 옷을 서진이 옷장에 걸어 주었다.

"아줌마 우리 떡볶이 해 주세요."

우리 엄마보다도 세련된 아주머니에게 하는 서진이의 지시하는 말투는 스스럼없었다. 텔레비전에서나 보던 장면이었다. 왠지 나 때문에 아주머니께 폐를 끼치는 것 같아 서진이 옆에서 어정쩡하게 서서 인사를 했다. 서진이의 방에는 처음 보는 문제집과 책이 벽면 가득했다. 내 책이라고는 교과서와 문제집 두세 권이 전부인, 다섯 언니들과 함께 쓰는 앉은뱅이책상과는 비교할 수도 없었다. 옷이 가득한 옷장, 노란 체크무늬 이불이 덮인 침대, 거실의 가구들에 나는 지레 기가 죽었다.

사실 서진이의 집에 오기 전까지 서진이와 나의 차이를 느끼지 못했다. 그저 공부 비슷하게 하고 말이 잘 통하는 좀 사는 집 아이라고, 대단치 않게 생각했다. 그러나 좀 산다라는 것의 실체를 알게 된 후 나는 서진이를 이길 수 있을 것이라는 생각을 버렸다.

"이 책 다 보는 거니?"

이 많은 책들을 읽고 수학 문제집만도 다섯 권이 넘게 풀고, 매일 영어 테이프를 듣는 서진이를 내가 무슨 수로 이길 수 있단 말인가?

"너 혹시 E. H. 카가 쓴 《역사란 무엇인가》란 책 읽었어? 역사는 승자의 편에서 쓰인 것이라 진실이라고 할 수 없대. 나는 역사책에 나오는 것은 모두 진실인 줄 알았어."

나는 며칠 전부터 언니 몰래 읽고 있는, 사실 내용의 절반도 이해 못하며 읽고 있는 책에 대한 이야기를 꺼냈다. 그것으로 나는 나의 주눅 듦을 감추려 했다. 서진이는 그 책을 읽지 않았다고 했다. 그렇지만 나의 기죽음이 없어지지는 않았다.

학교에서 가장 친한 친구를 써내라면 서진이는 나를, 나는 서진이를 썼다. 그러면서도 우리는 보이지 않는 경쟁심을 불태웠다. 시험 전날 밤을 새워 공부를 했으면서도 다음 날이면 공부 제대로 못하고 잠들어 버렸다는 늘 같은 레퍼토리를 반복하면서. 그렇다 한들 나는 서진이를 가장 좋은 친구라고 여겼으며 서진이 같은 아이와 경쟁할 수 있다는 것이 뿌듯했다.

군 수학 경시대회에 학교 대표로 서진이와 지선이 그리고 내가 뽑혔다. 우리는 매일 수업이 끝난 후에 수학 할아버지와 함께 경시대회를 준비했다.

연세가 많으신 수학 선생님을 우리는 수학 할아버지라고 불렀다. 선생님도 우리가 할아버지라고 부르는 것을 싫어하지 않으셨다. 무슨 잘못을 하면

"요년이!"

하며 욕을 하셔도 누구도 노여워하지 않았다. 수학 선생님은 나를 부를 때면 늘 '김 박사'라고 하셨다. 수업 시간에 문제를 내시고 아이들이 풀지 못하면

"김 박사가 나와서 풀어 봐라."

라고 하셨다. 문제를 풀고 나면 머리를 쓰다듬어 주셨다. 수학 선생님의 미소는 우리 할아버지의 그것과 같았고 손은 따뜻했다. 그런 까닭에 수학 시간을 위해 나는 예습을 게을리할 수 없었다. 집안 행사가 있어 친척들로 인해 방이 모두 차서 공부를 할 수 없을 때는 손전등을 켜고 농기구 창고 구석에서 수학 문제를 풀었다. 그건 공부에 대한 열정이라기보다는 수학 선생님의 기대를 저버릴 수 없다는 의리 같은 거였다.

우리는 열심히 대회를 준비했지만 셋 다 입상하지는 못했다.

"아이구 고생했네. 밥이나 먹으러 가자."

대회가 끝나고 수학 할아버지는 우리를 경양식집으로 데려가셨다. 나는 그날 돈가스를 처음 보았다. 어떻게 먹어야 할지 몰라 다른 아

이들이 먹을 때를 기다려 그들이 하는 대로 따라 했지만 쉽지 않았다. 칼을 잡은 손이 지선이처럼 예쁘지 않고 조각도로 나무를 파듯 우악스러워 부끄러웠다. 음식의 맛도 느끼지 못하고 어서 끝나기만을 기다리는 불편한 식사였다.

서진이와 나는 학교 신문을 만들자는 거창한 계획을 세웠다. 인근 시내의 학교 신문을 보고 생각한 것이었다. 학교 신문을 만들고, 신문을 한 부당 100원에 팔아 연말에 불우이웃도 돕고 하면 좋을 것 같았다. 서진이와 나는 평소 어울리던 친구들에게 설명을 하고 함께하자고 했다. 손 글씨로 쓴 네 장짜리 짧은 신문을 만드는 데 한 달이 꼬박 걸렸다. 일단은 처음이니 홍보를 위해 돈은 받지 말고 신문을 나눠 준 후 다음 호부터 돈을 받자고 의견을 모았다.

신문을 복사해서 아침 등교 시간에 교문에서 나눠 주었다. 그때 우리는 5공화국의 칼바람을 알 리 없는 고작 중학교 2학년의 어린아이들이었다.

담임 선생님이 혼비백산해서 교문으로 뛰어오셨다. 선생님이 그렇게 화가 난 모습은 처음이었다. 우리는 교무실로 불려 갔다.

"누가 시킨 거야, 신문을 무슨 목적으로 만든 거야?"

"……."

"대학생들이 시켰어? 조그만 놈들이 겁도 없이!"

신문을 만드는 일이 그렇게 잘못한 일인지 이해할 수 없었지만 워낙 선생님이 불같이 화를 내셔서 감히 따져 볼 생각도 못하고 고개를 숙이고 잘못했다고 빌고 있었다.

그때 갑자기 뺨에서 불이 번쩍했다. 태어나서 처음 따귀를 맞았다.

아프다는 느낌보다는 갑작스러워 놀람이 더 컸다.

어쩐 일인지 따귀는 내게서 멈췄다. 나는 내가 맨 앞에 서 있었기 때문일 것이라고 생각했다.

"모두 꿇어앉아!"

우리는 종일 교무실 바닥에 꿇어앉아 반성문을 썼다.

2학년 말에 학생회장 선거가 있었다.

서진이도 나도 회장 후보로 출마하였다. 전교생 앞에서 유세를 하는 날 나는 직장 생활을 하는 셋째 언니의 옷을 빌려 입었다. 입어 본 적 없는 치마에 블라우스를 입으니 불편하기 그지없었다. 통이 좁은 에이치라인의 치마를 입고 조회대를 올라가려니 계단 폭이 너무 넓어 펭귄처럼 뒤뚱거리며 뛰어 올라갔다. 펭귄처럼 단상에 올라가 진지하게 유세하고 다시 펭귄처럼 계단을 뛰어 내려오는 모습이 재미있어서 아이들이 나를 많이 기억한 듯하다. 나는 학생회장이 되었다.

선거 다음 날 담임 선생님께서 나를 교무실로 부르셨다.

"영자야, 회장은 학교의 얼굴이야. 음, 예를 들면 옷도 지금보다 더 깔끔하게, 그러니까 네가 옷을 좀 더, 잘 입고, 아무튼 지금과는 달라야 해."

나는 학생회장으로서의 마음가짐에 대한 이야기인 줄 알았다. 그러나 그것은 옷에 대한 이야기였다. 내가 늘 입고 다니던 남루한 가난의 옷에 대한 이야기였다. 학생회장의 부모가 학교 여러 행사에 찬조금을 내고 소풍에도 선생님들의 점심을 대접하곤 하던 그 시절, 가난한 내가 회장이 된 것에 대한 선생님들의 걱정을 대신한 이야기였다.

학생회장으로서 마음가짐이나 행동의 모범에 대한 이야기라면 내가 어찌해 보겠는데, 옷은, 가난은 내가 어찌할 수 있는 것이 아니었다.

'담임 선생님의 말은 옳지 않아. 가난은 내 잘못이 아니야. 회장으로서 모범을 보이는 행동이 더 중요해. 나는 행동으로 보여 주겠다.'

어린 시절이 가난했던 여러 위인들의 전기를 떠올리며 나는 이렇게 생각하려고 노력했다. 나는 내가 크면, 내가 읽은 책 속의 위인들처럼 될 것이라고 믿었다. 그것은 《어린 왕자》에 나오는 장미의 가시처럼 나를 지켜 주는 방패 같은 거였다. 다른 사람들도 현재의 내가 아니라 내가 상상하는, 되고자 하는 미래의 모습으로 나를 본다고 생각했기 때문에 나는 당당할 수 있었다.

회장 선거 이후로 서진이는 내게 쌀쌀맞게 굴었다. 우리 학교는 학생회 임원을 세우는 권한이 회장에게 있었다. 나는 학생회 총무부장을 맡아 달라고 부탁했으나 서진이는 거절했다. 아니 나의 말에 대답도 하지 않고 지나갔다. 나는 서진이가 회장 선거에서 나에게 져서 그럴 거라고 생각지 않았다. 내가 아는 서진이는 그렇게 속이 좁은 아이가 아니니까.

나의 무엇인가가 싫어져서, 내가 무엇인가 나도 모르는 실수를 해서일 것이라고 생각해서 서진이에게 화가 난 이유를 물었다. 서진이는 피식 웃을 뿐이었다. 서진이와 다시 친해지려고 노력했으나 서진이는 이제 나와는 말도 섞지 않았다.

우리 둘의 그런 관계를 불편해하던 주변 친구들이 둘이 대화를 할 수 있는 자리를 마련해 주었다.

"있잖아, 나는 내가 너한테 질 거라는 생각은 단 한 번도 해 본 적이 없어. 솔직히 나는 네가 입고 다니는 옷이 창피해서 같이 다니기 싫은 적도 있었어."

나는 자리에서 일어났다.

'툭!'

하고 뭔가 끊어지는 느낌이 들었다. 더 들을 수도, 하고 싶은 말도 생각나지 않았다. 집으로 돌아오는 길에 우는 것은 아닌데 눈물이 나왔다. 나는 생각하려고 했다.

'이 상황은 내가 상처받을 상황이 아니다. 서진이가 틀린 거야. 그렇게 생각하는 것은 옳지 않아!'

나는 내가 상처받을 필요가 없는 이유를 생각해 내려고 했다. 그런데 자꾸 눈물만 나왔다. 상상하는 미래의 내 모습은 현실이 아니었다. 사람들은 내 미래의 모습으로 나를 봐 주는 것이 아니라 현재의 나를 보고 있었다.

나는 서진이보다 내가 나을 수 있다고 생각해 본 적이 없었다. 서진이의 집에 다녀온 후로 서진이는 내게 오르지 못할 산이었다. 서진이가 나를 싫어하는 이유를 들은 후로 나는 더 분명히 서진이와 내가 다른 아이라고 생각하게 되었다. 그러나 이제 나는 서진이의 가진 것들에 기죽어 다르다고 생각하는 것이 아니다. 표현하기 어렵지만 더 이상 서진이는 내가 도저히 상대할 수 없는 높은 산으로 보이지 않았다.

"선생님 정은이가 망을 보고요, 지희는 교실에서 담배를 피워요."

한 통의 제보 문자가 들어왔다. 정은이와 지희는 소위 우리 반의 짱인 아이들이다.

'이 녀석들을 그냥!'

교실로 달려가 정은이와 지희를 불러냈다.

두 아이를 그냥 내 옆에 세워 두기만 했다. 무슨 말을 해야 좋을지 모르겠어서다.

어젯밤 정은이의 집에 갔었다. 정은이의 집은 산 중턱에 있었다. 산 중턱이라고는 하지만 함백은 가파른 산을 오르다 보면 평지가 나오고 밭이 펼쳐지는 곳이므로 산 중턱에도 마을이 있었다. 언뜻 보면 사람이 살지 않을 것 같은 집에서 정은이는 중학교 때부터 혼자 살고 있었다. 어머니는 도시로 돈벌이를 가셨고 아버지 소식은 모른다고 했다. 냉골이나 다름없는 방에서 정은이는 전기장판을 켜 놓고 살고 있었다. 밥을 해 먹은 흔적은 찾아 볼 수 없었다.

"선생님이 갑자기 와서 기분 나쁜 것은 아니지? 며칠 학교를 안 나오고, 네 소식 아는 애들도 없고 해서."

"아파서 못 갔어요."

"그래? 약은 먹었어? 밥 안 먹었지? 좀 괜찮으면 선생님이랑 내려가서 뭐라도 먹자."

"됐어요."

"정은아, 내일 학교 꼭 와. 힘들어도 학교는 다녀야지. 선생님이 기다리고 있을게."

정은이는 아무 말이 없었다.

누추한 집에 선생님이 갑자기 들이닥쳤을 때의 불편함을 나 또한 잘 아는 터였다. 산 아래로 내려가 가게에서 빵과 우유, 쌍화탕을 사서 정은이의 집으로 다시 갔다. 방문이자 대문인 문 앞에 봉지를 내려놓고 산을 내려왔다.

다음 날 조회 시간에 정은이가 자리에 앉아 있는 것을 보니 어찌나 반가운지 나도 모르게 웃음이 나왔다. 그랬는데, 담배를, 그것도 교실에서 떡하니,

"이놈들아, 도대체 너희들은. 어떻게 교실에서 담배를 피우니? 그거 잘못된 행동인 거 몰라?"

"……."

"말해 봐. 또 그럴 거냐?"

"……."

"대답 안 할 거면 대답할 때까지 뒤로 돌아 벽 보고 서 있어."

어젯밤 나의 방문으로 정은이가 오늘 학교에 왔다고 생각했다. 정은이와 내가 뭔가 조금 통했다고. 그런데 나의 착각이었나 보다.

아이들을 세워 두고 수업을 갔다 오니 두 아이가 자리에 없었다.

내가 이 아이들을 위해 무언가를 할 수 있을 것 같지 않았다.

그날 밤 나는 다시 정은이의 집으로 향했다.

산동네는 가로등이 몇 개 없어 깜깜했다. 이 어둠 속에서 정은이는 무슨 생각을 하며 저 집에 혼자 앉아 있을 것인가? 아침마다 빈속으로 공부에는 관심도 없는 아이가 학교로 오며 무슨 생각을 할까? 학교가 끝나고 시내에서 방황하다 그래도 집이라고 깜깜한 이 길을 혼자 오르고 있을 정은이의 모습이 떠올랐다. 어려서부터 그렇게 하루하루 지내 왔을 것이다.

어설픈 친절을 베풀고 그걸로 뭔가 통했을 것이라고 착각한 것은

자기만족이었다. 미안했다.

정은이 집엔 불이 켜져 있었지만 정은이는 문을 열지 않았다.

나는 방문 앞에 우두커니 앉아 있었다.

내가 아이들을 불러 야단을 칠 때면 옆자리 정년을 앞두신 정 선생님은 혼잣말로 중얼거리신다.

"아이구 이 녀석들, 어디 안 아픈 데가 있어야 어디가 아픈 줄을 알지."

별로 귀담아듣지 않았는데, 열리지 않는 문 앞에서 어둠 속에 앉아 있으려니 그 말이 무슨 의미인지 알겠다.

온 마음이 다 아파 아픈 줄도 모르는 아이이다.

어른의 온기 없이 홀로 견디며 살고 있는 이 아이에게 내가 무슨 말을 할 수 있을 것인가? 이만큼이라도 견디는 것이 얼마나 대단한 일인지. 한참만에야 겨우 입을 떼어 말했다.

"정은아 내일 학교 나와라. 문 잘 잠그고 자."

만일 정은이가 '학교에서 제가 뭘 해요, 공부도 관심 없고, 왜 학교에 가야 해요? 선생님이 뭘 해 줄 수 있어요?'라고 따진다면 나도 딱히 대답할 말이 없다.

나는 그저 정은이가 학교라는 울타리 안에 있기라도 했으면 좋겠다. 아직 저 크고 무섭기까지 한 사회로 나가기에 정은이는 너무 여리고 작다. 이 울타리 안에서 조금 더 큰 다음에, 나갔으면 좋겠다. 정은이의 집에서 내려오는 길에 가로등이 있었다. 네온의 가로등은 온기 없는 빛을 주위에 내고 있었다. 그나마 그 가로등이 늦은 밤 정은이의 유일한 길동무가 되어 주었을 것이다.

나는 정은이가 그랬을 것처럼 가로등 아래 잠시 서 있었다.
별빛이 유난히 밝은 밤이었다.

그날 밤 나는 잠을 잘 수가 없었다. 창문을 열고, 벽에 기대 밤하늘을 보며 밤새 앉아 있었다. 나는 아이들의 상처를 조금이라도 보듬어 줄 수 있는 어른이 되기는 한 것일까?
그렇기는커녕 도리어 상처를 주고 있을지도 모른다는 생각에 두려운 마음이 들었다.
어린 시절에 나는 되지도 않은 미래의 내 모습을 상상하는 것으로 내게 쏟아지는 상처들을 막을 수 있을 거라 믿고 살았다. 그 시절 나를 견디게 했던 말은 수학 선생님께서 불러 주시던 '김 박사'였다. 그 말 때문에 나는 다 해진 옷을 입고도 아이들 앞에서 당당할 수 있었다.
그 말은 내게 주문과 같았다.
'네가 크면, 네가 열심히 노력하면 너는 무엇이든지 될 수 있단다.'
라는 주문.
"애들도 학교에 뭐 비빌 언덕이 있어야 나오지."
애들한테 왜 자꾸 오냐오냐하시냐고 내가 말하자 정 선생님께서 하신 말씀이다.
'아이들에게 내가 해 줄 수 있는 게 있을까? 나는 어떤 어른이 되었는가?'
생각만 할 뿐 이제 교사 2년 차 초짜인 나는 방법을 모르겠다.
돌이켜 보면 서진이도 가난하지는 않았지만 다른 이유로 아플 때가 있었을 것이다. 가난만이 아픈 것은 아니니까. 서진이는 부모님이 늘 바빠 얼굴도 잘 볼 수 없다고 했었다.
  어쩌면 아이들은 모두 각자의 아픔을 자기만의 방식으로 견디며 자라고 있을지도 모른다.
  아픔을 견디고 성숙하는 것은 아이들의 몫이다.
  많은 어른들이 그랬듯이, 내가 그랬듯이, 이 아이들도 할 수 있을 것이다.
  어른인 내가 할 수 있는 일이라고는 믿어 주고, 지켜봐 주는 것뿐인 것 같다.
  자취방의 창문으로 아침 햇살이 들어온다. 중학교 시절 빈 교실에서 내 등을 덥혀 주던 햇살처럼. 자리에서 일어나 출근 준비를 서둘렀다.

작가의 말

제가 글을 쓰는 것은
제가 본 아름다운 풍경을 친구에게도 보여 주고 싶어
사진을 찍는 것과 같습니다.
'이런 이야기가 있어, 한번 들어 볼래?'라는 마음으로 글을 씁니다.
그리고 어쩌면 제 글이 누군가에 조금은 위로가 되면 좋겠습니다.

언제나 저를 지지해 주시는 사랑하는 부모님과 두 아들,
그리고 지금을 살고 있는 모든 분들이 평온하시기를 바랍니다.

2024년 11월 전영순